光文社文庫

忘れ物が届きます

大崎　梢

光　文　社

忘れ物が届きます

目次

Contents

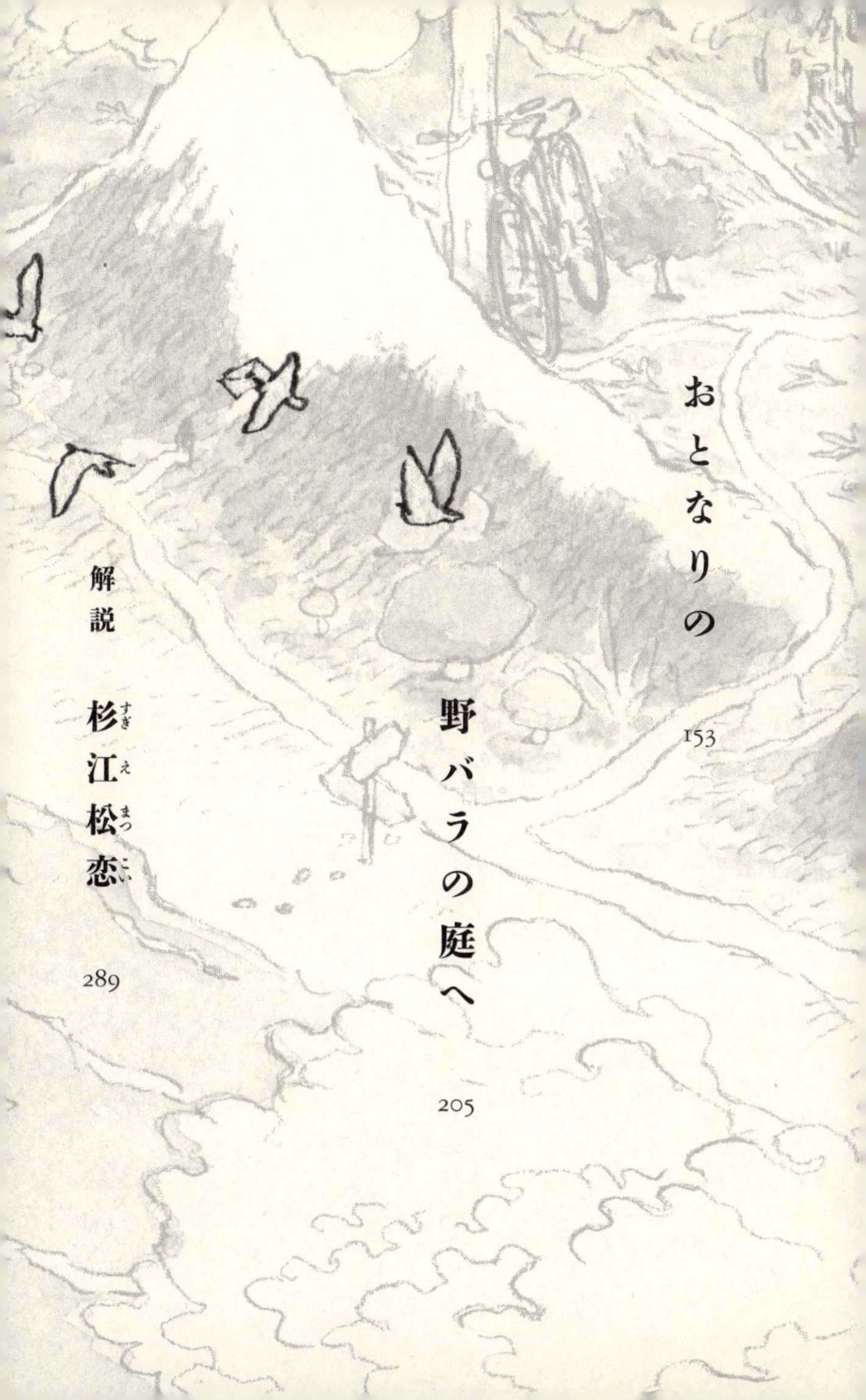

沙《さ》羅《ら》の実

二十年前に開発された分譲地の一画、年季の入ったブロック塀にぴたりと車を寄せ、弘司はエンジンキーを切った。勤め先である不動産仲介会社の営業車だ。横っ腹にコマーシャルロゴがおどっている。

助手席に置いた書類バッグを手に取り、腕時計を確認した。約束の午後二時、三分前。ちょうどいい。

車から降りて玄関に回り、インターフォンを押して来訪を告げた。二度目の訪問とあって、前には気づかなかった庭木や、その前に設《しつら》えられた鳥の餌台《えさだい》に目がとまる。どんな小鳥がやってくるのだろう。

今日は小難しい話、微妙な駆け引きをせずにすむ。よけいにほっと気を緩《ゆる》めていると、玄関ドアが開き、この家の長女が顔をのぞかせた。

「どうぞ、どうぞ、お待ちしていました」

「失礼します」

背筋を伸ばし頭を下げ、いくらか恐縮をのぞかせながら、上がらせてもらう。

「わざわざ来ていただいてすみません」

「いえ、車でしたらすぐですよ。こちらこそ、お忙しい時期にお時間をいただき恐縮です」

「何言ってるんですか。忙しくないですよ、まだ」

営業マンならではの堅苦しい口の利き方を笑われてしまう。長女は挙式を三カ月後にひかえ、新居として手頃な物件を探していた。実家近くという希望に見合った新築マンションがみつからず、不動産のチラシをもとに弘司の勤める会社にやってきた。担当になってから積極的に情報を投げかけ、条件に添った物件を一緒に見てまわった。

いろいろ相談にのってきたので、親近感を持ってくれたのだろう。くだけた口調で話しかけられるようになった。契約の上でもこのほどようやく、一軒の中古マンションに落ち着いた。中古といっても築年数が浅く、駅からも徒歩圏。前々から評判のいい物件なので安心してすすめられる。これからはローンの審査を経て、明け渡しの時期を具体的に決め、本契約、室内リフォームとお決まりの手順を踏んでいく。

リビングに通されると、この家の奥さんが笑顔で待ち構えていた。結婚相手はしばらくまともな休みが取れないそうで、女性の側が説明を聞くとのことだ。ガラステーブルを借りて、さっそく書類を広げた。相手の年収からするとローンの審査は難なく通りそうだ。

特別の高給取りではないけれど、昨今、もっと厳しい人がたくさんいる。

頭金が少ないからと肩をすくめる長女に大丈夫ですよと笑いかけると、逆に尋ねられた。

「小日向さんは今、賃貸《ちんたい》でしたよね。将来的にはやっぱり、一戸建てですか」

「いや、具体的にはまだちょっと」

コーヒーを運んできた奥さんが会話に加わる。

「お子さんが生まれるんですって？」

三年前に結婚したことや、もうすぐひとり目の子が生まれることを、同年代の気安さで長女には話してきた。母親にもしっかり伝わっているのだ。

女性ふたりのおしゃべりに付き合っていると、表の道路に車がとまった。

「お父さんじゃないの？」

「そうね。今日はご近所の方と釣り堀に行ってたんですよ。帰ってきたんだわ」

弘司に説明をしながら、奥さんは素早く立ち上がり玄関に急いだ。弘司も手にしていたカップをソーサーに戻し、きちんと座り直した。

ほどなく廊下の向こうから、熟年夫婦らしいテンポの良いやりとりが聞こえ、片手にジャケットを持った小柄な男が現れた。この家の主《あるじ》だ。数年前に定年退職した元公務員だそうで、今は悠々自適の身の上とか。度の強そうな黒縁《くろぶち》の眼鏡をかけ、やや猫背。穏和で実直そうな人柄が透《す》けて見える。

よく笑いよくしゃべる奥さんや娘とのバランスは絶妙で、不動産屋の目から見ても、室内のそこかしこに温かな家庭の雰囲気が感じられる。出窓に置かれた蘭《らん》の鉢が、枯れかかっているのもご愛敬《あいきょう》だ。

「お邪魔してます」

弘司が腰を上げてお辞儀をすると、主は如才《じょさい》ない笑みを添えて会釈《えしゃく》をくれた。

「気にせずゆっくりどうぞ」

「すみません。もうすぐ終わりますので」

残っていたリフォーム会社の紹介を、多少早口で進める。興味を持ったのか、主は弘司の向かいの席に腰を下ろした。そちらにも見えるよう、広げたパンフレットを少しずらす。どうぞ、という営業スマイルも忘れない。

主は説明を黙って聞いていたが、ひととおり終わったところで、テーブルのすみに置かれた弘司の携帯をのぞきこんだ。

「君、変わったストラップをつけているね」

「え？　ああ、はい」

とっさにへんな受け答えをしてしまう。若者ならいざ知らず、年配の人が携帯電話、それもストラップに目をとめるとは。

「ほんとだ。かわいい」

長女も首を伸ばす。仕事はもう終わったようなものなので、弘司はストラップがよく見えるよう携帯を差し出した。

「木の実なんですよ」

「うん。これは椿《つばき》の実だね」

「よくご存じで。……ああ、失礼しました。そう言われたのは初めてだったもので」

「お父さん、妙なところで物知りなのよ。言いませんでしたっけ。父は長いこと、小学校の先生をしてたんです」

初耳だった。

「公務員をされていたことは伺っていました。そうですか。小学校の」

「椿の実でこんなふうにアクセサリーができるんですね。手作りっぽい。もしかして奥様のお手製だったりして」

マニキュアの指先で長女が焦げ茶色の実をつつく。弘司は照れ笑いで応えた。一カ所穴を開け、紐を通し、他のビーズもあしらって素朴な風合《ふうあ》いの飾り物になっている。

「器用なんですね」

「そうでもないですよ。たしか新婚旅行はハワイでしたよね。こういった工芸品なら、あちらにもいろいろあるんじゃないですか」

「南の島のアクセサリー？　飾り物というか、インテリアグッズもありますよね。いいかも。ちょっとリゾートっぽく窓辺を演出したりして」

「あのお部屋には出窓があるので、いろいろ楽しめますよ」

三カ月後の挙式はよんどころない事情があって予定を早めたと聞いている。新婚旅行も南米の遺跡《いせき》巡りからハワイへと変更になったらしい。振り返ってみると新居の決定も、早め早めで進めている。「おめでた」ではなさそうなので、仕事の都合や親戚との兼ね合いだろうか。

空気を読んでよけいなことを言わず、楽しい話題だけをつなげていく。営業マンの心得だ。なごやかな雰囲気を保ちつつ、弘司は広げたパンフレットを片付け始めた。コーヒーのおかわりを注《つ》がれて恐縮していると、目の前に座った主が「そういえば」と口を開いた。

「君、横山町《よこやまちょう》の出身といってたね」

「はい」

「だったら小学校は、横山小学校か」

出身というのは大げさな気がしたがうなずいた。今いる分譲地とは同じ市内だが、北と南に離れているので、車で移動すると小一時間ほどかかる。何かの話題で横山町の話をしたかもしれない。

「あの学校にもしばらくいたんだよ。亜希子よりふたつ年上と聞いたから、君は今年、三十二歳だね。ちょうど二十年前に小学六年生。うん。まちがいない。こう言うと驚かれてしまうかもしれないが、実は、君のことを覚えているんだよ」

慌てて表札を思い浮かべる。ここは「森」という家だ。つまり森先生。いただろうか、そういう名前の先生。

長女は「ほんとう、お父さん」と手を叩くようにしてはしゃいだが、弘司は失礼にならないよう、言葉遣いに気をつけながら首をひねった。

「すみません、六年のときの担任は女の先生だったような……」

「ごめんごめん。一組だっただろう？　担任は野中先生。うん。たしかに女の先生だ。私は二組。となりのクラスの担任だったんだよ」

言われてやっと、おぼろげながら記憶がよみがえった。

「もしかして、図書委員会の顧問《こもん》をなさっていませんでしたか。でしたらいっとき、お世話になりました。四年のときか、五年のときか。私も図書委員をやっていました」

「大当たりだ。いや、嬉しいね。いくらかでも覚えていてくれたか。君の名刺をもらったときにね、名前を見て、ひょっとしてと思っていたんだよ」

「名前？　名刺の」

長女がさっそく自分のファイルの中から、四角い紙切れを取り出した。

「これよね」

小日向弘司、とある。

「お父さん、担任でなかった生徒のことまで、よく覚えているのね」

「ちょっと珍しい名字だから。こひなたひろしくん。当時、何度となく耳にした名前でもあるんだ。なあ」

意味はわかるねと、含みを持たせた目を向けられて、弘司は返事に詰まった。どう応えていいのかわからない。

ほんの一拍の躊躇《ちゅうちょ》に、先生が畳みかけるように言った。

「こうして再会したのも何かの縁じゃないか。どうだろう。少し、昔話をしてもいいかな。あれからずっと君のことが気になっていたんだよ。私なりに思ったことも、考えたこともある」

「は？」

「もちろん今更どうのこうのというのではないよ。いたずらにほじくり返したいわけじゃない。君はこうして立派な大人に成長した。仕事ぶりからして、じゅうぶん『できる男』になった。頼もしくて、とても嬉しいよ。ただ、なんていうかこう、二十年前のあの事件については未だに腑《ふ》に落ちないことがある。すまないね。こんなふうに慌ただしく切り出したりせず、もっと気の利いた場を用意できればよかったんだけど。私は見てのとおり、生来の不調法者《ぶちょうほうもの》なんだよ」

　先生はそう言って眉を八の字に寄せた。肩をすくめ、あやまる仕草をしてみせる。弘司は「いいえ」と首を振るしかなかった。そっと息を吸い込み、ともかく呼吸を整える。

「腑に落ちないとは、どういうことですか」

　探るように尋ねる。

「いくつか疑問があってね」

「お父さん」

　横から長女が割り込んだ。

「事件ってなんのこと？　何かあったの？」

「うん。まあその、とっくの昔に一件落着していることだ。小日向くんはとある事件に巻き込まれ、一歩まちがえれば大ごとになるところだった。まったくの被害者だ。楽しい話じゃないから申し訳ないが、久しぶりに椿の実を見て、私なりに懐《なつ》かしくもなってね」

弘司は携帯のストラップに視線を向けた。

「これですか」

茶色く干《ひ》からびた実には故意につけられた傷がある。横に短く二本。その真ん中を貫くように縦に一本。何が言いたいのだろう。

「残念ながら犯人はみつかっていません。あれきりですよ」

「そのようだね。君もさぞかし寝覚めが悪いだろう」

いたわるような声とともに先生は長女に、そして奥さんに、二十年前の出来事を話し始めた。あまりにもなめらかな流れに、横槍《よこやり》を入れるタイミングはなかった。弘司は仕方なく、神妙な面持ちで耳を傾けた。

季節は今と同じ秋だった。ススキの穂がさわさわと風に揺れ、上着がなくては肌寒くなるような時期、小学校の行事としては各学年で校外学習が行われていた。六年生は恒例の、森林公園に出かけての飯盒炊爨《はんごうすいさん》。それも無事終わり、ほっとしていた矢先、いきなり事件は起きたのだ。

六年一組の生徒が夜になっても帰ってこない。家族から連絡が入り、担任はもちろん、校長、教頭、職員室に居残っていた他の学年の先生も手分けをして捜したがみつからない。両親と相談し、警察に届け出た。

生徒にはこれまで非行歴《ひこうれき》はなく、問題行動も起こしていない。三、四年生の頃に数回、不登校になった時期があるが、高学年になってからは安定していた。成績は上位。知的で繊細で物静か。目立たないタイプだが、クラスの中に特定の友人もいる。家庭環境は良好。担任教師とのトラブルも起きていない。

誰にもなんの心当たりもなく、突然の行方不明だ。緊張感の高まる中、一夜明けた早朝、無事発見の報が飛び込んできた。河川敷《かせんじき》の広場に設《もう》けられた物置小屋の中で、ぐったりしているところを警察がみつけ出し、ただちに保護された。

「君は、不審な手紙におびき出されたんだったね」

「はい。その手紙はあとになっても出てこなかったので、信じてもらうしかないんですけれど」

「どういう文面だった？」

まるで取り調べだ。若干の苦笑を浮かべ、弘司は答えた。

「『六時に河原のゲートボール場に来て。見せたいものがある』、それだけで、名前はありませんでした。手紙が入っていたのは家の郵便受けです。当時、雑誌の懸賞に応募するのが趣味だったんで、当たると商品券や図書券が届くんです。それが楽しみでちょくちょく郵便受けをのぞいていました。だから気づいたんです。封筒にはぼくの……いえ、私の名前が書いてありました」

「『ぼく』でいいんだよ。根掘り葉掘り聞いているようだが、当時のことを君に思い出してほしいだけなんだ」

先生はにっこり笑ったが、合わせて微笑《ほほえ》むことはできなかった。なぜこの場で、過去の話をしなくてはならないのか。それも細かいところまで深く踏みこみたいらしい。意図が見えない。

戸惑いは弘司だけでなく、長女も奥さんも不安げな面持ちで先生をうかがっていた。

「君はどうしてその手紙に応じたのだろう」

にわかに反発心がもたげ、返事をしてしまう。

「わからなかったからです。誰からなのか、見せたいものがなんなのか。わからなくて行ってしまいました。まさかあんなことになるとは思いもしなくて」

「手書きの子どもっぽい字だったそうだし、友だちか誰かだと思ったんだろうね。十月下旬の夕方六時といえばすでにあたりは真っ暗だ。河原のゲートボール場で、おそらく外灯を頼りに、君は呼び出した人間を捜したのだろう。でもそこを何者かに襲われた」

「そうです。いきなりうしろから口をふさがれ、静かにしろと言われました。騒ぐと殺すぞと、低い声で凄まれました。そして目隠しされ、物置小屋に引きずり込まれたんです。

あとのことはよく覚えていません」

「気配や声に心当たりは？」

「ありません。ぜんぜん」

そうかとつぶやき、先生は何度も首を縦に振る。ひとつひとつの出来事をかみしめるような仕草だ。でもこれくらいの話は当時、学校関係者ならば誰の耳にも入っている。今一度、確認するために弘司に言わせているのでは。

「他に、何かありますか」

「犯人は単独だろうか、それとも複数か」

「警察に何度も聞かれました。でもよくわからないんです。薬でもかがされたみたいで、ぼくは眠ってしまったようです」

「保護されてからしばらく、体調を崩して入院していたね。アレルギーの持病があったそうで、発作のような症状に見舞われたと聞いた。恐ろしい目にあったのだから無理もない。小屋の中は寒くもあっただろう。ほんとうに、とんでもない災難だった」

気の毒そうな声で言うけれど、話はむしろここからのはずだ。止めたいと思う気持ちはあるのに、ついつい尋ねてしまう。

「事件について考えたことがあると、さっき先生はおっしゃいましたよね。どういうことですか」

「うん。あの日はもうひとつ、事件が起きていただろう?」

今度こそ、弘司は瞬《まばた》きや目の動きにまで注意を払った。ポーカーフェイスを崩さない。

けれど初めに話を振られたときのように、あっという間に胸の鼓動が速くなった。

ひょっとして自分は罠にはめられたのではないか。なんといっても逃げようがない。相手は不動産売買の大事な顧客であり、断りを入れた上で、穏やかに丁寧に昔話をなぞっているだけだ。誰も何も糾弾《きゅうだん》していない。話の途中で席を立ったら、自分の方が怪しい人間になってしまう。

黙って聞くしかない場を用意して、先生は無理やり過去に引きずり込もうとしているのかもしれない。そうだとして、さらに大きな疑問が出てくる。

どうしてとなりのクラスの担任教師が、あの事件にこだわるのだろう。

「お父さん、もうひとつって何?」

「拉致《らち》事件があった夜にね、亡くなった人がいるんだよ。横山町の別の場所にある、当時すでに使われていなかった古いビルの中で、転落死している人がみつかった。腐っていた床を踏み抜いて、三階フロアから一階に落ち、全身打撲《だぼく》でほぼ即死の状態だったらしい」

「同じ夜に、そんなことが」

「発見されたのは二日後のことだよ。だから小日向くんが無事に保護され、我々はほっと胸をなで下ろしていた。むろん犯人が逮捕されるまでは油断できない。保護者の方にも警戒を呼びかけ、警察は町中に散らばり捜査を続けていた。そういったときに、今度は転落死体がみつかった」

「どういう人だったの？」

「直接には面識がなかったけれど、無関係ではない。生徒の親御さんだったんだよ」

そうだねという目を向けられ、弘司は口を開いた。

「一組の生徒です。というより、当時ぼくが一番仲よくしていた友だち、佐々木のお父さんでした。ほんとうの父親じゃないそうですよ。母親の再婚相手。血のつながらない、義理のお父さんと聞きました」

「君は会ったことがあるね？」

「はい。家に遊びに行ったときとか、何度か顔を合わせています。まったくちがう事件が同じ町内で、同じ夜に起きたことは、警察もずいぶん不審に思ったようです。でも結局、はっきりしたことはわからなかった。ぼくの事件は犯人逮捕に至らぬまま捜査打ち切りとなり、佐々木のお父さんは事件ではなく、事故死ということで警察の手から離れていった。

先生はこの結果に不満をお持ちですか」

「まあ。そういうことだ」

たった一言に、地球の重力を倍にするほどの力があった。森家の主は白っぽい左右の指と指を組み合わせ、物憂げな眼差《まなざ》しで、ここではないどこかを一心にみつめていた。

弘司は息をひとつ飲む。声が掠《かす》れないよう気をつけながら問いかけた。

「あの事件について、何かご存じなんですか」

「君は」と、顔を向ける。

「どう思っている？」

「わかりません。噂なら先生の耳にも入っていると思います。佐々木のお父さんはいろいろ問題のある人だった。昼間から酒浸《びた》りで仕事に行かず、佐々木のお母さんの稼ぎを賭け事に使い、ちょっとでも機嫌を損ねると暴力をふるう。ぼくはあいつの体にいくつも痣《あざ》があるのを見ています。だから、拉致事件にも一枚かんでいるのではと、当時そういう噂がまことしやかに流れました。ぼくは、まあまあ大きな家に住んでいたので」

息子の友だちが金持ちの家の子どもであることを知り、営利目的の誘拐を企《くわだ》てたけれど、仲間割れをして計画が頓挫《とんざ》した、というのがもう少し踏み込んだ噂だ。呼び出した子どもを隠していたのは河原にある物置小屋だが、「あじと」に使っていたのが古いビル。床を踏み抜いて転落したのはほんとうに事故かもしれないが、仲間割れの結果とも考えられる。

「ですけど、証拠は出てこなかったんです。亡くなった人がぼくの事件に絡《から》んでいたという証拠。共犯者らしい人物もみつからなかった」

「私の聞いた話では、亡くなった佐々木くんのお父さん――雅也さんは、たびたび君を待ち伏せし、ふたりきりで何やら話をしていたそうだ。君はいやがっているように見えた。そういう目撃証言があったからこそ、警察も雅也さんに疑いの目を向けたのだろう」

「犯人に心当たりはないかと、しつこく何度も聞かれました。警察は何かしら隠し事をしていると思ったようです。たとえば、友だちのお父さんが犯人扱いされないよう、ほんとうのことを言わないでいるとか」

「君は事件の後も佐々木くんと仲がよかったそうだね」

「はい。それはずっと」

しっかり答えて唇を結んだ。小学校卒業後の進路は分かれてしまったが、学校はちがってもときどき近況を語り合うような付き合いが続いた。

「先生は佐々木のお父さんを疑っているのですか。ぼくの事件に関与していると？　特別の証拠でもお持ちですか」

「いや、証拠というのではない。でもあれからずいぶん経ってから、思いがけないところで意外な人と出会った。佐々木くんのお姉さんだよ」

「え——」

今度こそ先生は、用意していたとしか思えないような沈着冷静な面持ちで、ゆっくりうなずいた。

お姉さん？　佐々木くんの、か。

どういうことだ。へんな声を上げてしまいそうになる。うろたえる自分をどうしていいかわからない。心臓のたてる音がやたら大きく体に響く。

「どうだろう、小日向くん。こういった狭い家の中で顔をつきあわせて話をしていると、そうでなくても息が詰まる。少し、散歩に出てみないか？　横山町に流れていた川とはちがうが、このあたりにも小さな川がある。気ままにぶらついてみよう。仕事の邪魔をしては申し訳ないが、何とかならないかい？　そんなに長い時間にはならないよ」

散歩？　考えが読めず、うつむいて肩で息をついた。リビングに敷かれた絨毯《じゅうたん》と自分のはいたスリッパが目に入る。このスリッパをつっかけたのは玄関先で、案内されてソファーに腰掛けて、まだほんの小一時間だ。訪れた用件を思い出す。ついさっきまで書類の説明をしていたのだ。落ち着けと、自分に言い聞かせる。冷静になれ。しっかりしろ。

「お父さん、外って何？」

「そうですよ。今まで話を聞かせといて、どこかに行ってしまうつもり？」

「え、うそ。だったら私も行く」

驚き困惑するのは弘司だけでなかった。長女と奥さんもすっかり浮き足立つ。

「一緒に行ってもいいでしょ。ああ、このままでいいわ。すぐそこなら」

「私は上着を」

「いやいや、小日向くんだけだよ。ここから先はプライバシーに関係するから、ふたりには遠慮してほしい。家で待っててくれないか」

「遠慮？」

まるで初めて聞く言葉のようにふたりは大きな声で聞き返した。気持ちはわからないでもない。いきなり知らない話に付き合わされ、あれこれ思案を巡らせていたのに、突然の展開、肩すかしだ。

先生は初めからここまでのつもりだったのだろうか。奥さんと娘に聞かせるのは、途中まで。だとしたら、リビングで切り出したのもやはり狙《ねら》ってのことか。

ふたりともしばらく粘ったけれど、主の頑固さをわかっているのだろう。奥さんの方が折れて、食い下がる長女をたしなめた。弘司にしても、興味本位の人がすぐそばで聞き耳を立てているのはやはり苦痛だ。口をつぐんでいると、ふたりからは逆に気を遣われた。

「適当なところで切り上げて下さいね。お仕事があるでしょう？」

「お父さん、小日向さんを困らせないでよ。まだいろいろ相談に乗ってもらうんだから」

「へんなことを言い出して、ご迷惑をかけたらだめよ」

さすがの先生も苦笑いを浮かべていた。

ともかく書類を鞄《かばん》にしまい、玄関先で長女と奥さんに見送られて表に出た。整然と並んだ分譲地の家並みや街路樹、新聞配達のバイクや電柱に、ほっと息をつく。何日間も徹夜したあとのように、空気にすがすがしささえ覚えてしまう。

つかの間の解放感に浸っていると、またしても思いがけないことを言われた。君の車で行きたいとのことだ。散歩と言っていたのに。近所ではないのか？

訝《いぶか》しんだが抗議する気にもならず、仰《おお》せに従い先生を後部座席に乗せた。自分は運転席にまわり、断って仕事の電話を二本かけた。森家訪問の他にも、こなさなくてはならない用事がいくつかあった。報告書の提出と、見積書の確認と、回答待ちのお客さんのフォローと、ウェブサイトのデザインに関するやりとり、チラシの発注。幸い、と言っていいのかどうかわからないが、外せない約束のたぐいはなかった。

頭の中でパズルのように仕事の段取りを繰り合わせ、最低限の連絡だけ入れて、弘司は車を発進させた。近所の川というのは口実で、ひょっとして横山町まで行かされるのではと危惧《きぐ》したが、先生が指示したのは自宅から五百メートルほど離れた場所にある、無料の駐車スペースだった。

たどり着くと満足げに車から降り、こっちこっちと手招きする。書類バッグは置いていくことにして、上着に財布や携帯を入れた。先生のあとを追いかけ短い階段をあがりきると、ひょろりと左右に伸びた土手に出た。

ススキの穂の間をさらさらと川が流れている。嘘をつかれたわけではないらしい。近所の川だ。でもなぜ、わざわざ車で来たのだろう。まさか運転技術をチェックしたかったわけではあるまい。自宅の塀にいつまでも営業車が横付けされているのを嫌ったのか。

「小日向くん、あの橋まで歩こう」

「はい」

指さす方角に、コンクリート製のいたってシンプルな橋が見えた。すでに日は傾き始めている。日差しの強さが和らぎ、風の渡ってくる方向が感じ取れる。川沿いには大きな建物がないので空が広い。

夢の中にいるようだ。小学校を卒業し二十年になるのに、当時の先生とこうして並んで歩くなんて。歩調を合わせていると、「私はね」と声がした。

「あの事件で、ふたつの宿題をもらったんだよ」

「宿題？」

「他にうまい言葉がみつからない。一生をかけて向き合っていくべき人生のテーマ、などと言ったら気恥ずかしいだろう？　はからずも抱えこんだ物思いの種——というのも、気取りすぎだ」

景色に気を取られ、緩みかけていた表情をあらためた。過去の事件について語り合うためここに来たのに、話などなければいいのにと甘えたことを思っていた。精神年齢まで逆行しているのだろうか。

「どういう宿題ですか？」

「ひとつは家庭内暴力だ」

表でよかった。黙って、遠くの薄雲を眺める。

「さっき、君も言ってたろ。佐々木くんは義理のお父さんから暴力を受けていた。肉体的にも、精神的にも。ご両親が離婚して、子どもは母親に引き取られ、お姉さんを含めて親子三人で暮らしていた。やがてお母さんが再婚し、義理のお父さんができる。いい人だったらよかったのにね。佐々木くんの場合は残念ながら、よかったのはほんの数カ月だったらしい。私の記憶の限り、彼もまたなかなか優秀な子どもだった。君とはちがうタイプの」

「どう、ちがいましたか」

「君はあの頃から大人びていたね。図書委員会の顧問をしていた関係で、何度となく本について話をしたが、鋭い洞察力《どうさつりょく》や理解力、豊かな感受性にたびたび驚かされた。佐々木くんの方はもう少し、根っこの部分が素直というか、無邪気というか。家庭環境さえ整っていれば、それこそ日の当たる場所が一番似つかわしい、大らかで天真爛漫《てんしんらんまん》な子どもであっただろう。でも」

言葉を切り、先生は弘司を見上げた。

「きつい現実の中にいたからこそ、君と仲が良かったのかもしれないね。この言い方が失礼だったらあやまるよ。もちろん、しなくてもいい苦労だ。ない方がずっとよかった。でも佐々木くんは佐々木くんで、人の心の表も裏も、強さも弱さも、美しさ汚さまでおそらく見ていた。その上で彼本来の、気立ての良さも失わなかった。ちがうかい？」

答える代わりに目を伏せ、弘司は指先を軽く握りこんだ。去来《きょらい》するものはいくつもある。

毎日その前を通っていた空き地や小さな公園、テニスコートやクリーニング店はまだあるだろうか。品のいい老夫婦の住む花の綺麗な家もあった。女の子に人気の洋菓子店はなんという名前だったか。中学に入り通学路が変わってから、すっかり足が遠のいた。公園のベンチで練ったゲームの攻略法や、漫画の取り合い、宿題の相談を、昨日のことのように思い出す。とりわけふたりが気に入っていたのは、地図帳をのぞき込んでの旅行プラン作り。いつか行けると信じて心を躍らせた。ロンドンに一泊、ドイツに二泊、フランスではパリに泊まってルーヴル美術館。ヴェルサイユ宮殿も行きたい。だったら三泊。スイスやウィーンも。アルプス山脈と氷河と登山鉄道。アメリカならばニューヨーク。それともカリフォルニア？　アフリカ、アジア、シルクロード。


「君が三、四年生の頃、何度か不登校になったのは、クラスの子たちとの間に齟齬《そご》があったからだと聞いた。いじめとまではいかなかったようだが。いやこれもまた、学校サイドの見方なのかもしれないね」

「今、問題になっているような、悪質ないじめというわけではありませんでした」

「それでも孤立した。学校は居づらい場所になっていたのだろう。でも君には心を割って話せる友だちがひとりはいた。とても大事なことだ」

それがなんだと言うのだ。弘司が立ち止まると、先生は体を膨《ふく》らませて息を吸い込み、吐き出しながら歩を止めた。振り返って言う。

「大事な友である佐々木くんを傷つける者に対して、君はさぞかし怒りを募《つの》らせていただろうね」

「……は？」

「抵抗できない子どもにふるう暴力は言語道断だ。家庭内となれば逃げ場もない。佐々木くんはおそらく誰にも言えず、堪《た》え忍んでいたのだろう。自分が我慢することで、そのうちなんとかなると思ったのか。誰かが下手《へた》に意見すれば、もっと恐ろしいことになると怯《おび》えていたのか。あきらめもあっただろうか。学校では他の子と同じように、くったくなく過ごしていたかったのかもしれない。その様子を近くで見ていて、君はずっと歯がゆかったんじゃないかい？」

こめかみのあたりに冷たい風が抜けた。弘司はぼんやり立ち尽くした。目の前の、白髪頭の小柄な男は、いったい何を言い出す気だ？

「おっしゃってる意味がわかりません」

「そうかい？　私は勝手に想像したんだよ。妄想と言ってもいい。君はなんとかして、友だちを救いたかった。彼が日に日に追い詰められていることを、賢い君なら察することができる。直《じか》に会えば父親がどんな人間なのかもわかるだろう。悠長に構えている時間などないと思ったかもしれない。だから強硬手段に出る――」

「待って下さい。それはその、私が何かしたというのですか。友だちのお父さんに、何かひどいことを？　まさか。そんなの、本気で思っているんですか」

「すまない」

いともあっさり、先生は認めた。

「二十年前のふたつの事件のあと、私は『ひょっとして』という言葉を、何度もくり返した。警察や学校の目を避けて、調べてまわるようなこともしたんだ」

「先生！」

声を荒立てると、「いやいや」と手を振る。

「最後まで聞いてくれ。どんなにたくましい想像力をもってしても、邪推《じゃすい》のかぎりを尽くしても、やはりそれはありえない。相手は大人の男だ。君は十二歳の小学生。危害を加えるというのは突飛すぎる。現実味がない。不自然。よって、ちがうんだ」

断言されて目をしばたたいた。疑いは晴れたということか？　話が飛びすぎて、うまく飲み込めない。ちょっと待て。それでも、疑われたのは事実らしい。当時、疑惑の目で見ていた人がいる。被害者とされている子どもが、ほんとうは加害者。そんな目がそばにあったとは。ちっとも気づかなかった。

行ったり来たりする寒気をどうすればいい。

先生もまた、荒い息をついていた。気が高ぶったのだろうか。再び歩き出し、唇を噛んだり首を振ったり腕を大きく動かしたり、落ち着かない様子ながらも話を続ける。

「生徒を疑うという教師としてあるまじき行為のあと、私は子どもを取り巻く、主に家庭環境についていろいろ関わるようになった。シンポジウムや勉強会を訪ね歩き、ぎりぎりの崖《がけ》っぷちにいる子どもに手をさしのべるNPO団体にも参加するようになった。想像以上の悲惨な現実がたくさんあったよ。救うとか、助けるとか、できるもんじゃない。身内につけられた傷はいつまでもいつまでもついてまわる。月並みな表現だが、無力さを痛感した。自分の器の小ささを、つくづく思い知らされた。人間は卑怯《ひきょう》で残酷な生き物だよ。真っ暗闇がほんとうにある」

そう言って、苦しそうに胸に手をあてがう。顔色も悪い。

「先生、大丈夫ですか」

「何がだい？」

「お疲れなのではないですか」

「ちっとも。話すのが、私の商売だったんだよ。これくらいなんでもない。いろいろ参加しているうちにね、少しずつ、頼りにされるようにもなった。ささやかながら、できることをみつけられるようになった。そんなある日のことだ。父親から性的暴力を受けた女の子の話し相手に、ボランティアの若い女性がついてくれた。彼女にも同じような過去があるとのことだった」

流れる川が緩やかな弧《こ》を描き、広くなった河原にちょっとしたグラウンドが設けられていた。ほんの数本、ひょろりとした木が茂り、根元にベンチが置いてある。先生はふらふらと歩みより、倒れ込むようにして腰掛けた。

やはりきついのだ。飲み物を買ってきましょうと声をかけた。背中を丸めた姿は実年齢よりも年老いて見える。翻弄《ほんろう》され、さんざんなことを言われているのだから、世話など焼いている場合じゃないだろうが、恨《うら》めしい気持ちよりも心配の方が先に立ってしまう。

土手から下りて、目についた自動販売機でペットボトルのお茶と水を買った。走って戻り、ベンチに先生の姿を見てほっとする。我ながらおめでたい人間だ。

日はますます傾き、西の空が黄みを帯びて輝いていた。河原では手提げ袋を振り回しながら子どもたちがふざけていた。甲高《かんだか》い歓声やぞんざいなしゃべり方、生意気な顔と無邪気な仕草に、心が持って行かれそうになる。

「お茶とお水と、どちらがよろしいですか」

「すまないね。水をもらってもいいかい？」

透明なペットボトルを受け取ってから、先生はいくらだろうと上着のポケットをまさぐった。首を振って笑みを添えた。ベンチに並んでいっしょに喉を潤《うるお》す。

「ありがとう」

「いいえ。お加減は大丈夫ですか」

「あと少しだ。もう少し、付き合ってほしい」

「はい」

見えないロープでベンチにくくりつけられたような気がする。口に含んだお茶になんの味も感じない。ボトルを摑む手が震えないよう、腕にも指にも力を入れた。

「どこまで話したっけ。ああそうだ、ボランティアの若い女性だ。彼女とは何度となく顔を合わせ、次第に言葉を交わすようになっていた。今から十二、三年ほど前のことだ。彼女は二十歳をいくつか超えていた。聡明で芯が強く、笑顔の爽《さわ》やかな女性だったよ」

「もしかして――それが?」

先生はこっくりうなずいた。

「あるとき、どういう話の流れだったか忘れたが、彼女は自分の生《お》い立《た》ちを語った。小学校に上がってすぐの頃、両親が離婚し、弟と共に母親に引き取られた。数年後母親が再婚した。相手の男は最初だけやさしかった。働いていたのも最初だけ。結婚して一緒に住むようになるとどんどん本性を現し、昼間から酒を飲み、パチンコで時間を潰《つぶ》し、生活費をまきあげる。面白くないことがあると荒れて暴力をふるう。そのくせ母親にはときどき媚《こ》びる。ご機嫌を取るまねをするそうだ。だから母親も辛抱しようとする。ひどい毎日だったそうだ」

弘司の脳裏に、二十年前に亡くなった男の顔がちらついた。あの当時で三十四、五。今の自分とそう変わらない。気がついてぞっとすると同時に、生々しく過去が蘇《よみがえ》る。くせのある長めの黒髪を無造作にかきあげ、目鼻立ちはそこそこ整い、面長《おもなが》で、笑うと目尻に皺が寄る。長身で痩せ形。一見、いい人にも見えてしまう男だった。気が乗れば軽口を叩くし、冗談を言うこともある。けれど気分のむらが激しく、虫の居所ひとつで簡単に荒れ狂う。人相も態度も豹変《ひょうへん》する。明るいものや楽しいもの、穏やかでやさしいものを憎んでいたふしさえあった。破壊するために、いくらでも残酷になれるのだ。

子どもの父親になる気持ちなど、最初から微塵《みじん》もなかっただろう。転がり込む先をみつけ、暴力でもって君臨し、とことん搾《しぼ》り取る。見え透いたやり口に胸が悪くなる。

「彼女の場合は当時、中学二年の女の子だった。ただの暴力や脅《おど》しではすまなくなるまで、時間はかからなかった」

「先生――」

弘司の声を先生は片手で制した。

「言ったろ、この世には無慈悲《むじひ》な現実が多くある。男の子には徹底的な暴力が待ち受け、女の子はそこにもっと屈辱《くつじょく》的な仕打ちが加わる。でもね、彼女の場合は決定的なところまではいってなかったそうだ。危険を感じるようになってから、ふたりきりにならないよう気をつけたらしい。その父親も弟がいるときは露骨《ろこつ》なまねをしなかったという。ところがあるとき油断した。放課後、友だちの家に行く前に、誰もいないと思って立ち寄ったアパートの部屋に、運悪く父親がいたそうだ。開店したばかりのパチンコ屋に連日出かけていたので、てっきりその日も留守だと思いこんでいたらしい。テレビの置いてある部屋で、友だちに返すはずの雑誌を探していたら、いきなり襖《ふすま》が開いて父親が出てきた。驚いている間にも腕を摑まれ引き倒され、もみ合いになった。必死に暴れて抵抗しているそのとき、偶然にも弟の友だちがやってきた。雑誌を取りに来ただけだったから、玄関の鍵は開いていたそうだ。中の物音や悲鳴が聞こえたのか、その子は家の中に入ってきて、間一髪、女の子の窮地を救った。突然現れた少年を見て、父親の力が緩んだすきに、彼女は逃げることができたのだから」

弘司はうつむき、ペットボトルを摑む手にさらに力を入れた。唇を嚙む。でないと大きな声をあげてしまいそうだ。ふいに何かが肩に触れ、びくんと体が跳《は》ねた。弘司の動揺を見て、先生が片手を置いたのだ。落ち着かせるためだろうが、かえって気持ちがぐらぐら揺れてしまう。

「その父親は——父親と呼べるだろうか、ともかくその、母親の再婚相手は、自分の邪魔をした子どもが誰なのかすぐに気づいた。義理の息子のクラスメイトだ。そして口止めしようとして、男の子にまとわりつくようになる。相手の反応を見て、どうせまたよからぬことを思いついたのではと、彼女はとても心配した」

「そして転落事件はあったのですか」

肩にのせた手をもどし、先生は息をついた。

「彼女は男の子に会い、義父《ぎふ》に何を言われているのか尋ねたそうだ。でも男の子は押し黙るばかり。不安にかられて何度も念を押した。関わるな、相手にしてはいけない、困ったことがあったらなんでも相談して、と。——そうだね、小日向くん」

弘司は膝に置いたペットボトルに額《ひたい》を着けた。体をふたつに折り、目を固く閉じる。瞼《まぶた》の裏は真っ暗な闇が広がるだけだ。

「亡くなった雅也氏は、当時、知り合いに言っていたそうだ。面白い金づるを摑んだ、小粒だけどいいカモになる、しばらく遊べると。その話は当時の警察も摑んでいた。学校にもやって来て、心当たりがないかしつこく聞き出そうとした。でも結局なんのことだかわからずじまいで、事件と関係があるのかないのかも、うやむやにされた。もしも彼の狙いが君であったなら、あの男は君に何を言ったのだろう。どんなことを持ちかけた？　それによって、君は何を考えた。私が今日、こうして無理やり声をかけ、過去の話をあれこれ蒸し返したのはまさにそこだ。二十年前、君は、大きな荷物を抱え込んでしまったのではないか」

じっとしていられず弘司は立ち上がった。二、三歩、前に踏み出す。空は薄紅色に染め変えられていた。たなびく雲は暗い藍色に沈み、夜の気配を宿している。鳥の群れがゆっくり横切っていた。

あれと一緒に過去に戻りたい。生まれて初めてそう思った。過去にかえりたい。そしてもう一度、やり直したい。今ならもっとうまくやれる。利口に対処できる。あの結末以外のものにたどり着くことがきっとできる。

「先生は、私があの男を殺《や》ったとお考えですか」

その問いに、先生も腰を上げた。弘司の隣に並んでまっすぐ前を見つめる。

「正直に言おう。考えたこともある。雅也氏にとって、君を揺さぶる方法はいくつもあっただろう。義理の息子への暴力も、娘への性的行為も卑劣《ひれつ》な脅しのネタになりうる。これは警察ではなく巷《ちまた》の噂で耳にはいってきたものだが、あの日の夕方、雅也氏は『これからかわいいカモに会いに行く』と言ってたそうだ。君のことではないか？」

「だとしたら？」

震えがふっと消えていく。冷たい感情が腹の底からせりあがり、なんだかそれがとても心地よい。笑い出したいほどだ。

「あの夜、君は古いビルの中で、雅也氏に会っていたんだね」

「いけませんか」

「一、二階は、近隣の建物の関係で外から中が見られる恐れがある。だから会ったのは三階。そこで何をしていたのかはわからないが、雅也氏は腐った床を踏み抜いて一階の床に叩きつけられて亡くなった。それを見た君は動揺して家にたどり着けず、河原に出てしまい、物置小屋に身を寄せたのか。それとも自分のアリバイを作ろうと、あそこに行ったのか。拉致や監禁《かんきん》騒ぎは俗に言う、狂言。自作自演だね」

先生は語尾を曖昧《あいまい》にせず、はっきり言い切った。

「結果として君は体調を崩し、発見されてすぐ病院に運ばれた。青息吐息で語った当日の様子は、警察にしてもむげにできない。かといって犯人に結びつく手がかりや目星もつかないまま、捜査態勢は弱まり尻つぼみとなった。でもその、具合が悪くなった理由だけれど、アレルギーの発作だったね。君は粉塵《ふんじん》アレルギーの持ち主だった。廃ビルの中で動き回ったから、症状が出てしまった。ちがうかい？」

弘司は答えなかった。それが返答になる。

「私の妄想は佐々木くんのお姉さんに会うことにより、真実みを増した。君と雅也氏の関係が見えてきたような気がした。友だちを助けたい、というだけでは弱く思えた動機が、補強されたと言ってもいい。ところがもうひとつ、あれこれ考えているうちに、私は大きな見落としに気づいた」

乱暴な仕草で先生はペットボトルのキャップを外し、やにわに水をあおった。口元に残ったしずくを手で拭《ぬぐ》い、体ごと弘司に向き直った。

「警察の調べによれば、あのビルの中で危険な箇所はそう多くなかった。大きな怪我につながるようなところは三階の、東側の廊下の一角だけ。雅也氏はそこから転落した。君があらかじめ知っていたとは考えにくい。なぜなら、粉塵アレルギーを持っている。たびたび建物の中にもぐりこみこっそり調べまわるというのは、君にとってそうとうきついはずだ。拉致事件から救出されたあと、アレルギー症状が出たから、前日、つまり拉致された当日、君がビルの中にいたのかと推測できる。同時に、アレルギーを持っているからこそ、事前の下調べは無理だと思う。あの日初めて中に入ったのではないか。だとしたら、危険なところにおびき寄せ、故意に転落させたとは考えにくい。雅也氏のあれは、不運が招いた事故だったんだ」

　立ち尽くすふたりのもとに夜気《やき》を含んだ風が渡ってくる。遠くから声が聞こえてくる。どこかの学校の運動部がランニングにやってきたのだ。のどかなラッパの音もかぶさる。豆腐屋さんのラッパだ。世界はマーブル模様のように平和な日常と残酷な日常が入り交じる。

「ほんとうに事故死と思っているのなら、先生はなぜ私に声をかけたのですか」

「君が椿の実を持っていたからだよ」

「椿？」

　あの、ストラップか。

　ソファーの置かれた居間での会話が思い起こされる。今日のこのやりとりの発端はストラップからだ。

　ふいに歩き出した先生の後をまたしても追いかけた。気がつけば橋はすぐそこだ。さっき、「あそこまで」と指をさしていた場所だ。

「覚えているかい？　いや、覚えているに決まっているね。学校の図書室にあった古い文集の中から、君はあるとき『夏椿』という短編をみつけた。夏椿は別名を『沙羅《さら》の木』という。釈迦《しゃか》が亡くなったとき、そばに咲いていたとされるのが沙羅双樹《そうじゅ》の木。耐寒性に乏《とぼ》しいので温室の中ならともかく、日本では通常育たない植物らしい。似ているのが夏椿で、昔から日本の寺院の近くにはそちらが植えられていた。その短編では、図らずも人を傷つけ、罪の意識にかられる主人公が、彷徨《さまよ》いこんだ山中で嘘のように美しい白い花に出会う。すっかり魅せられ、何度も通ううちにいつしか季節が変わり、花は実を結ぶ。その実を持って帰り、白い花の面影に慈悲を請《こ》いつつしるしをつける。自分が人につけた傷。自分が自分につけた傷。二本の傷を横につけ、それを封じ込めるために入れた縦の傷。一生誰にも明かさず、握りしめていこうと心に誓う。そういう話だった。君はあの短編にいたく感銘を受けていた。そして当時、図書委員の顧問だったよそのクラスの先生に熱く語ったんだ。自分もいつか罪を犯したら、こんなふうにしるしをつける、今から探しておこう、先生、夏椿がどこにあるか知ってる？　と。私は驚いて言ったよ。罪なんか犯すのかい？と。君はわらって答えた。犯してもいいと思っている――」

　橋の中程まで来ていた。ふたりして欄干《らんかん》にもたれかかり、川面を見下ろす。

「廃ビルの中でみつかった転落死体のそばには、椿の実が落ちていたんだよ。なんのへんてつもない小さな木の実。このあたりで椿なんてちっとも珍しくない。たまたま落ちていただけ。そう思ったんだろう、警察は大して気にもとめなかった。けれどその茶色い実には、小さな傷がついていた。横にまっすぐ二本。私はそれを、事件の鎮《しず》まりつつある十二月の半ばに聞かされた。学校に立ち寄った関係者が、何気なしに口にしたんだ。頭の中が真っ白になったよ。ふるえが走った。冷や汗が止まらなかった。まさかと思いつつ、でも、誰にも言えなかった。さっき宿題と言ったろ。ひとつは児童虐待。君も佐々木くんも、ほんとうに困ったときに、相談できるような大人が思いつかなかったのだろう。頼りになる人を、自分のまわりに見いだせなかった。それに気づき、自戒《じかい》を込め、もっとちゃんと子どもの問題に向き合わなくてはならないと思った。もうひとつは椿の実だ。私は自分の疑惑を、自分の胸の中だけにとどめた。でもそれは果たして正しかったんだろうか。逃げただけじゃないのか。一見、生徒を庇《かば》ったようでいて、背負わなくてもいい大きな荷物を負わせただけじゃないのか。何年か経つうちに、思いはだんだん膨らんでいった。君が元気で成長していること、君らしく優秀な大学に入ったことを風の噂で聞き、そうなればまた、よけいな波風を立てるべきではないのかと思う。まさにずっと、心残りを抱えていた」

「そこに偶然、私が現れたのですか」

「その通りだよ。小日向くん、君の持っている木の実を私にあずからせてくれないか。これ以上、持っていることはない。二十年間、握りしめてきたんだ。もういい。あとは私が持って行く」

差し出された手のひらを見て、弘司は上着のポケットから携帯を取りだした。素朴な飾り物が揺れる。今日のこの、長い長い昔話の、これが終着点か。

先生は揺るぎのない眼差しで、「さあ」と急かす。

「どこへ持って行くのですか。今、そんなふうにおっしゃいましたよね？」

眼鏡の奥の目が、ふっと宙をさまよう。はじめて見せた頼りなげな仕草だ。ごまかすように額の汗を拭う。

弘司の頭の中で、散らばったピースが集まって音を立てる。かちかちとはまっていく。予定を早め、三カ月後に迫った長女の結婚式。南米からハワイへの旅行の変更。自宅近くで探す新居。顔色の悪さ。疲労の色。無理やり進める長い長い過去の話。

「先生、どこかお加減が悪いのですか」

「いいや、なんでもない」

「でも」

「君とはここで別れる。最初からそのつもりで歩いてきた。私は橋を渡り、ちょっと休んでいくよ。向こうに馴染《なじ》みの珈琲《コーヒー》屋があるんでね。君は引き返し、さっきの駐車場に戻って帰るといい。会うのはこれきりだ。マンションの契約やら何やら、あとのことは娘夫婦がちゃんとやる。君のことも、余計な詮索をしないよう上手に言っておく。心配いらないよ。私はこうしてゆっくり話がしたかった。付き合ってくれてありがとう。おかげで積年の胸のつかえが下りた。残るはその、木の実をあずかるだけだ」

「先生」

「そう呼んでくれるなら、ひとつくらい、先生らしいことをさせてくれ。もうすぐ子どもが生まれるんだろう？　今の君に、過去の実はふさわしくない。手放してもっと新しいものを摑みなさい」


夏椿——か。

そうなのか。

知らなかった。ただ「椿の実」としか、思っていなかった。


先生と別れ、土手の道を引き返していると、携帯が振動しメールを受信した。妻からだ。

(コーちゃん、お仕事、がんばってますか。今日はおねえさんとランチに行ってきました。オーガニックレストランです。オーガニックって知ってる？　妊婦さんに最適なんですって。ほんとかなあ。ヘルシーで美味《おい》しかったから、それだけでもじゅうぶん嬉しかったです。お土産にクッキーを買ってきたよ)

思わず妻の携帯に電話をかけた。

「もしもし」

「コーちゃん？　どうしたの、お仕事は？」

「うん。今ちょうどひとつ、すませたところ。あのさ、子どもの名前なんだけど」

首をかしげる仕草が見える気がした。

「君のお兄ちゃんの名前を入れたらどうかな。漢字で書くと、広場の『広』と志すの『志』だろ。いろいろアレンジできる」

「なに急に」

「ちょっと……思い出すことがあったんだ。それで」

くすっと、笑い声が聞こえる。

「びっくりした。でもいいよ。お兄ちゃんみたいに、理屈っぽい変人になったらやだもん。赤ちゃんは女の子みたいだし。かわいい名前がいいな。お兄ちゃんなら、私がコーちゃんと結婚できて喜んでいるよ。そうなるといいなって、言ってたから。ほんとよ」

携帯にぶら下がっている茶色の実を、弘司は指でつまんだ。線が三本、入っている。

先生にはできうるかぎりの言葉を尽くした。これはもう、重くて苦しい荷物ではない、と。誰にも言えない秘密のかたまりではなくなった。今日のこの語《かた》らいの想い出として、大事に持ち続けていきたい。

納得してくれただろうか。わかってくれただろうか。あとからまた気に病んでしまうだろうか。だとしたら申し訳ない。でも手放すことはできないのだ。

自分もまた、預かったのだから。

病院の談話室での短いやりとりが蘇る。彼との会話。あれが最後になった。

「コーちゃん、どうしたの？」

妻の声が携帯から聞こえる。弘司《こうじ》という名をもじっての「コーちゃん」という呼び名。

「いや、なんでもない」

ひとり息子を亡くした妻の両親は、娘の結婚に際し、婿《むこ》養子の話を切り出した。姉も母も、自分で決めろと言ってくれた。名前が変わり、名刺を作り替えた。

「なるべく早く帰るよ。クッキー、食べたいから」

「うん。待ってるね」

通話を切り、たたんだ携帯を両手で包み込んだ。歩き出す一歩一歩に、かつての日々が重なる。


なんだよ、これ。だれにやられた。ほんとうのことをいえよ。かくすなって。わかった、だれにもいわない。あの野郎、やっちまおうか。それしかないだろ。おれがやる。おまえが一番うたがわれるんだ。うそだよ。そんなの冗談だよ。わかっている。心配するな。

しょうがないだろ。もう忘れろ。寿命だ。ろくな死に方しないと思ってたけど、その通りだ。おれは関係ない。おまえも。警察は撤収するみたいだよ。事故だろ。いいかげん、気持ちを切り替えろ。これからじゃないか。

ロンドンに行こう。大英博物館。約束したよな。ファラオの宝だ。ドイツではソーセージ。スイスって、ほんとうにこんなにきれいかな。アルバイトで貯めればいい。大丈夫。ただの風邪だ。貧血。コンビニのおでんが食いたいな。おまえとちがって、おれは繊細だから。

沙羅双樹の花って知ってる？　平家物語のさいしょ。祇園精舎《ぎおんしょうじゃ》の鐘の声、諸行無常《しょぎょうむじょう》の響きあり。沙羅双樹の花の色、盛者必衰《じょうしゃひっすい》の理《ことわり》をあらわす。白い花なんだよ。これがその実。ほんとうだって。特別の実なんだ。傷がついてなきゃ、花が咲くんだけどな。植えるなよ。持っていてほしい。おまえにあずける。ただのおまじない。

車に戻り、運転席に座ってからも、しばらくエンジンキーを入れられなかった。
ハンドルに突っ伏して、子どものようにしゃくりあげた。
なぜ気づかなかったのだろう。
知っていれば、何かできただろうか。

もう一度会いたい。会って、話がしたい。
かたく閉じた瞼の裏に、嘘のように美しい白い花が咲いていた。

君の歌

式典にふさわしく予報通りの快晴だった。最後のホームルームが終わり、日直が「起立・礼」の掛け声をかけ、ありがとうございましたの声が自然とあがる。女の子たちのすすり泣きがあとを追いかける。担任の先生も感極まった顔で何度もうなずいていた。

黒板には「3Cばんざい」の文字が躍り、思い思いの寄せ書きやイラストが少しの余白もなくひしめいている。

芳樹《よしき》もはじっこに言葉を書き入れた。チョーク片手にしばらく頭をひねり、結局書いたのは、「三年間ありがとう、みんな元気で」という、なんの面白味もないひとこと、いや、ふたことだった。気に留める者などいないだろう。誰の書き込みも消されていないだけ、じゅうぶん平和で友好的なクラスだったと思う。ありがとう、お元気で、だ。深刻なもめ事も事件もなく、無事卒業できてほっとする。

そして周囲の空気を窺《うかが》いつつ、静かに鞄の取っ手を掴んだ。教室の中は別れの余韻《よいん》に浸り、写真を撮ったり、抱き合って泣いたり、大声で笑ったりといつまでも盛り上がっている。喧噪《けんそう》から身を引くように、上着を抱えて廊下に出た。見まわせば、各クラスに数人ずつ、そっと抜け出してくる者がいる。つるむのが苦手な連中だ。知った顔と目が合うと、お互い会釈するようなしないような曖昧《あいまい》な仕草をする。そしてひっそり廊下の向こうに消えていく。

芳樹もそれにならい、歩き出したところでふと足が止まった。窓の外に、学校の敷地を取り囲む木々と、その先のコンクリートの建物やら家々の屋根が見えた。この眺めも見納めかと思うと甘酸っぱい感慨が広がった。みんなと一緒にわいわい騒ぐのは得意じゃなかったけれど、人間嫌いというほどの偏屈《へんくつ》でもないつもりだ。体育祭では実行委員の手伝いに駆り出され、グラウンド整備に駆けずり回ったし、学園祭では風に飛ばされた看板を補修して、感謝される経験もした。まったく出番のなかった球技大会だって、味方が点を入れれば手を叩いて盛り上がった。みごとに的中したテストの山かけも、密かに憧れた先輩も、今日を限りにすべて想い出に変わると思うと感慨深い。

昇降口で、三年間、一度も洗わなかった上履きをビニール袋に入れる。くれぐれも帰り道で投げ捨てないようにとの担任教師の言葉を思い出し、鞄に押し込んだ。

県立S高校はJRと私鉄の駅の中間に位置し、私鉄の駅まではバスを使うがJRまでは徒歩圏だ。芳樹の自宅はJR沿線なので駅までの道をだらだら歩いていると、携帯にメールが入った。松永《まつなが》からだ。

いつの間にか先に帰ってしまった彼とは二日後に会う約束をしている。あとふたり加わり、ささやかながらも打ち上げの計画中だ。松永とふたりきりでも気分としては「会」だったが、四人も集まればかなり本格的だ。多少、性格に問題のあるメンツでもこのさい目をつぶらねばなるまい。

その件かと思ったが、送られてきたメールにはB組の山下満里奈《やましたまりな》という女の子が式の間どうしていたかという、芳樹にとってはなんの興味も持てない内容が書かれていた。その話なら、明後日も飽きるほど聞かされるに決まっている。気がつかなかったことにしよう。ポケットにしまいかけると、それを察知したように電話がかかってきた。

「なあ、メール見た？　今、どこにいる？」

「どこでもいいだろ。なんだよ、先に帰っておいて」

「だっておまえ、今日はどこにも寄れないって言うから」

「ばあちゃんの快気祝いと、おれやイトコの卒業祝いをかねて、親戚が集まるんだよ。買い物、たのまれているし」

「アットホームだねえ。その前にちょっとだけ、付き合えない？」

「そのセリフ、山下に言うといいよ」

一方的にのぼせ上がっている松永は、遠巻きにもじもじするだけで何ひとつ行動に移せないまま卒業式を迎えてしまった。いてもたってもいられないのだろうが、男ふたりで顔を突き合わせていても埒《らち》が明かない。

「そういうのも含めて、いろいろ相談したいんだよ。友だちだろ、湯沢《ゆざわ》」

「今までさんざんしたじゃないか。あとはおまえしだいだって」

「えー、何それ。冷たいの」

拗《す》ねた声に聞こえないふりをして、「頑張れよ」と電話を切った。

山下はちょっとだけかわいらしい子で、本人にもその自覚があると見受けられる。つまり、かわいいだけの子じゃない。傷つきやすく小心者で、図体だけはでかい松永には端《はな》から望み薄だ。わざわざ当たって砕けずとも、清らかな想い出として心の中にしまっておけばいいのに、というのが本音ではある。

ふがいないのは自分も同じ。昨年の卒業式では、憧れ続けた先輩にとうとう言葉がかけられなかった。

小柄で細身で色白な芳樹は、子どもの頃からお雛様の雄雛《おびな》によく似ていると言われた。我ながらいかにもひ弱そうな外見は、今さらコンプレックスと言うのもおこがましい。そろそろ開き直りの境地に至っている。性格はそんなに弱くないつもりだが、恋愛となるととたんに腰が引けてしまう。経験不足を自覚するも、その経験ってどうやって積むのだろう。

まだまだだよなと内心つぶやいていると、再び携帯が振動した。松永のやつ、と思ったら、今度はイトコからだった。

私立高校に通っていて、むこうも今日が卒業式だ。転んで骨を折ったばあちゃんの快気祝いで合流する予定。自分と同じく言いつけられた買い物があり、電話に出るなりモッツァレラチーズのメーカーを聞かれた。そんなもの知るわけないだろ。今日の集まりの料理担当は芳樹の母親で、電話したけどちっとも繋がらないと訴えられる。松永といいイトコといい、やれやれだ。

繋がるまで何度でもかけ直せと言って切ると、背後に人の気配があった。振り向いて目を瞠《みは》る。一瞬、今いるのがどこなのか、わからなくなった。灰色のブロック塀の続くだらだらした下り坂はいつもの通学路だが、そこにいるはずのない男がいた。同じクラスの高崎《たかさき》だ。芳樹が教室を出るときには、にぎわいの輪の中にすっぽりとはまっていた。当然、今なおそこに留まっているべき——いなきゃおかしい男だ。なぜここに？

念のためすばやく左右を窺うと、まわりには誰もいない。

芳樹はあわてて自分のコートに手をやった。うっかり高崎のを着てきてしまったか。けれど、高崎は薄手のダウンジャケットをとても雰囲気よく羽織っている。では鞄だろうか。

いや、手にしているのは、自分が三年間使い倒したよれよれのスクールバッグだ。学業成就《じょうじゅ》のお守り袋がくくりつけられ、それをくれたばあちゃんには申し訳ないがかえってわびしく見える。高崎を見るとしゃれたスポーツバッグの他に、紙袋を三つもぶらさげていた。花束のセロファンやリボンのひらひらが、袋の入り口からはみ出している。みんな女の子からのプレゼント。同級生が、あるいは下級生が、涙ぐみながら差し出していたのを芳樹も知っている。今日、何度となく目にした光景だ。

彼はバスケ部の副キャプテンをつとめ、試合では鮮《あざ》やかなダンクシュートを豪快に決めるポイントゲッターだった。長身で、顔立ちもまあまあで、性格はいたってノーマルという、女子だけでなく男連中にも受けのいい人気者だ。とびきりのモテ男というほどではないが、校内の目立つ集団の中にいても浮かない程度には格好よく、芳樹からすれば縁のない人種と言っていい。

二年から同じクラスになったが、ほとんど口をきくこともなく、もちろん一緒に帰ったこともない。

「もしかして卒業証書？　まちがえちゃったかな」

首を捻《ひね》り、芳樹が鞄に手をやると、やけにきっぱりした声で言われた。

「ちがう。そんなんじゃないんだ」

「だったら……」

なんだろう。

「駅に行くんだろ?」

高崎は促すように歩き出した。しばらく立ち尽くしたが、いつまでもじっとしてるのもまぬけなので、仕方なく後に続く。やがてガードレールのない坂道を、並んで歩くかっこうになった。電柱がじゃまするときだけ前後になり、つかず離れず、住宅街を抜けて横断歩道を渡る。話しかけられるままに、あたりさわりのない雑談を交わした。

卒業式での来賓《らいひん》スピーチや、体育の先生が着ていた紫色のスーツについて。スピーチの最中、校長が連発したくしゃみの回数や、送辞、答辞を読んだ生徒について。どうでもいい話に相槌《あいづち》を打ち、わざとらしく笑ったりしながら、芳樹の戸惑いは膨らんでいく。高崎の表情は穏やかで、声も明るい。なんの含みもなく、まるで帰り道が一緒になった友だち同士のようだ。

けれど今日は有志による3－C打ち上げ会が企画されている。ホームルームの終了後、私鉄駅近くにあるファミレスで昼飯をとり、雑居ビルに入っているカラオケに流れるという段取りは芳樹も知っていた。

仮にもクラスの打ち上げなので一応、芳樹も誘われた。というか、出欠表がまわってきたのだ。そのときすでに×や△が書き込まれていたので、心置きなく×を記入した。はっきり覚えているわけではないが、高崎はランチもカラオケも○だったはず。当然だろう。彼はこの打ち上げを仕切っている側の人間なのだから。さっきもカラオケで何を歌うか、女の子たちに尋ねられていた。あれがいいこれがいいという、華やかな嬌声《きょうせい》は耳の中にまだ残っている。

今向かっているJR駅は打ち上げとはまったくの反対方向で、探されているのだろうか、彼の上着からたびたび携帯の振動音が聞こえる。気づいてないわけはないのに、無視し続けている。たまりかねて芳樹の方から「電話じゃないの？」と指さすと、高崎は携帯を取り出しディスプレイに目をやった。そのまま電源を切ったらしく、提げていた紙袋のひとつに滑りこませる。

「待てよ。いいの？　出なくて」

「ああ。大丈夫」

「でも」

「上村《うえむら》にはメールしといたから」

打ち上げ会を仕切っている中心人物だ。軽く言われ、思わずうなずきかけたが、ちょっと待て。今日のは単なる昼飯の約束ではない。最後のクラスイベント、制服を着て集まる最後の機会なのだ。早々にパスした自分が訝《いぶか》しむのはおかしなものだが、なぜ行かないのだろう。どうして今までろくに話したこともない相手を追ってきた？

徐々に戸惑いが苛立《いらだ》ちへと変わる。不審に思う気持ちを隠さず顔に出した。細面《ほそおもて》の雄雛顔でも、ムッとした表情くらいは作れるのだ。高崎も少しは察したのか、それきり口をつぐんだ。黙り込んで足だけ動かしていると、間もなくJRの駅舎が見えてきた。手前に大きなバスターミナルがあり、かぶさる形で幅広の陸橋がかかっている。

高崎はひょろりと延びた階段の前で立ち止まり、「こっち？」という仕草で振り返った。改札口は二階部分にある。芳樹の進路としてはそちらだ。ふたりして上がっていくが、高崎は踊り場できょろきょろしている。通い慣れたルートではないのだ。彼の家はおそらく私鉄沿線。でなければバス通学。いずれにせよ、自宅とも打ち上げ会場とも離れた方角に、なんの用事があるのだろう。

階段を上りきると視界が開けて、とたんに体が軽くなった。見慣れた景色が今日ばかりはありがたい。高崎もどうやら大きく息をついたらしい。肩が波打つように動いた。

陸橋は真ん中に広場が設けられ、金属製のモニュメントを中心に花壇やベンチが置かれている。朝晩は通勤通学客でごった返すここも平日の昼時とあって、行き交う人の流れはゆるやかだ。杖をついたお年寄りもいればベビーカーを押す人もいて、ベンチはちらほら埋《う》まっていた。

「どういうつもりだよ」

芳樹はぶっきらぼうに言った。

「悪かったな、驚かせて」

「だから、そういうんじゃなくて」

「湯沢と話がしたかった」

「は？」

露骨に眉をひそめると、高崎は視線をそらし側壁に歩み寄った。胸の高さまでの白い壁だ。上部に金属製の手すりがついている。

「去年の十二月、防犯のプリントを手伝わされたことがあっただろ。覚えてる？」

「ああ、教室でやったやつ？」

学年主任の強引な指示でもって、プリントのホチキス留めや仕分けをやらされた。放課後、一時間くらいかかっただろうか。そういえば、高崎とまともに言葉を交わした数少ない機会だった。

「あのとき、西中《にしちゆう》の話が出たじゃないか」

出た。高崎の出身中学校だ。

「学校にパトカーが来たって話だよな」

芳樹と高崎の他、手伝わされるはめになったのは大久保《おおくぼ》、水野《みずの》の計四人。全員男子だ。嫌々やっていたのでどうしても無駄話が多くなる。プリントの内容がひったくりや自転車事故に関することだったので、それがきっかけになったのだと思う。刑事ドラマの話から、自分たちの学校で起きた事件へと話題が転がり、西中の話になった。高崎ともうひとり、大久保も西中の出身だった。

「ちょうど三年前だよ。おれたちが中三だったときの二月」

「パトカーだけじゃなく、救急車も来たんだっけ」

「初めは救急車だ。女の子が襲われて怪我をしたから。その子は病院に運ばれた」

高崎の隣に並び、芳樹も壁にもたれかかった。バスターミナルから出て行くバスの後ろ姿を見送る。

「あのときも思ったけど、物騒な話だよな」

「犯人は未だにわからずじまいだ。湯沢は学校がちがうから、ほとんど知らなかったんだろ？」

「あのときまでは、ね。おれは泉中《いずみちゅう》で、校区も離れていたから」

けれど、刑事ドラマも名探偵が活躍するミステリーも大好物という大久保が、微《び》に入り細を穿《うが》って語ってくれたため、そうとう詳しいところまで知ることとなった。

＊　＊

西中はY市の南にある公立中学校で、一学年5クラスの中規模校だ。住宅街から少し外れた丘の上に建っている。事件は二月初めの放課後、美術準備室で起きた。三年生の女生徒が友だちからの伝言メモを見て、美術室のとなりにある小さな部屋に入ったところ、何者かに襲われて気を失った。

悲鳴と物音に駆けつけた人によって、ただちに119番に通報。発見が早かったのが幸いして女の子は軽傷ですんだ。けれども受けたショックは大きく、卒業までほとんど登校しなかったという。

「被害者は佐藤《さとう》しおりだっけな、やよいだっけな、そんな名前だった」

大久保は得意気に話し始めた。

「ピアノが上手くて私立の女子高に推薦が決まっていたみたいだ。それ以外は、なんてことのないフツーの生徒。おれは一度も同じクラスになってないせいか、名前を聞いても『誰それ』って感じだった。まあ、佐藤って苗字は多いもんな。よけいにピンとこなくて。中には、よく笑う元気のいい女の子だと言ってたやつもいたっけ。でも、学年中に知れ渡るほどの有名人ではなかったわけだな」

芳樹は「ふーん」と相槌のような声を出し、その先を促すように問いかけた。

「なんでその子が被害に？」

「そこが問題だよ。本人にも心当たりがなかった」

「でも呼び出されて、襲われたんだろ」

大久保はもっともらしく真面目くさった顔でうなずいた。

「その子の受け取った伝言メモには、『相談したいことがあるから放課後、美術準備室に来て』と書かれてた。差出人として同じクラスの女の子の名前があった。紙も、ふつうの白い紙じゃないよ。いかにも女の子っぽい、かわいいメモ用紙が使われていた。だから被害者の子はすっかり信じ込んじゃったんだよ」

「偽物だったのか」

「そっ！　メモに名前のあったのは新山《にいやま》有佳《ゆか》って子で、テニス部の女子とすごく仲が良かった。ああ、おれ、これでも中学のときはテニス部にいたんだよ。事件のあと、新山がわざわざコートまでやってきて、わたし書いてない、わたしのメモじゃないと大泣きするから、おれたち男子部員もびっくりだ。先生立ち会いのもととは言え、警察から事情聴取されたらしい。そりゃパニクるよな。筆跡《ひっせき》ごとまねされたんだって」

メモの文章か。

「パソコンか何かの印字ではなく？」

「手書きだよ。やたら丸まっちい、ころころした字がかなり似てたみたいだ。だから被害者も騙《だま》されたんだな」

「そりゃなんていうか、ずいぶん手が込んでいる。逆にそこまでしなきゃ、被害者の子だって放課後ひとりで美術準備室なんか行かないか。たぶんそこ、人気《ひとけ》があんまりないんだろ」

「湯沢！」

にわかに腰を浮かし、大久保は手を差し出した。なぜか腕を掴まれ揺さぶられてしまう。

「おまえ、気の利くことを言うじゃないか。その通りだよ。西中は三階建ての校舎が二棟、平行して建ってるんだけど、美術室は図書室や理科室のさらに奥で、用事があるやつ以外行かない場所だ」

そういうところを選んでおびき寄せたなら、用意周到だしタチが悪い。突発的な出来事ではないだろう。となると、犯人にはそれなりの動機があったはず。被害者にはほんとうに心当たりがなかったのか。

芳樹がそんなことを思いつくまま口にすると、大久保はいよいよ目を輝かせた。

「もしかして刑事ドラマファンだった？　なら早く言えよ」

「ちょっと考えれば誰でも気づくだろ」

「実はな、狙われていたのは別の子だったらしい」

意味を理解するのに数秒かかった。

「つまり、その、人ちがい？」

「ああ。被害者の友だちに三津田玲花《みつだれいか》っていうかなりの美人がいて、男子に抜群の人気があった。なんでも事件の当日、被害者の子と三津田玲花は、机の脇にかけてあったバッグをまちがって逆にしていた。たまたま前後の席で、移動教室で持ち出したあと、お互いにかけちがえたみたいだ。帰る前に気づいて交換した」

「呼び出しのメモはそこに入っていたのか」

「まさしく」

宛名のないメッセージをみつけ、被害者の子も、ひょっとして自分宛ではないかもしれないと思ったようだ。けれど美人のクラスメイトをみつけられず、仕方なく美術準備室に出向いたという。メモ用紙が偽物だなんて発想すらなく、待ちぼうけさせては可哀想だと考えたらしい。その親切心が仇《あだ》となったわけだ。

「あのときは三津田もパニクってたなあ。自分の身代わりに、友だちが怪我したんだもんなあ」

「美人だったら、偽のメッセージに呼び出され、襲われる心当たりがあるわけ？」

芳樹が尋ねると、これまたしたり顔で大久保はうなずいた。そして傍《かたわ》らの、聞き役にまわっていた高崎に話を振った。

「あるよ、ある。大ありだよな。おまえも知ってるだろ」

高崎は口元に曖昧な笑みを浮かべ、どうやら困った顔になったらしい。

「どういうこと？」

今度は高崎に問いかけたが、芳樹をちらりと見たきり、黙り込む。話したくないのだろうか。面倒くさいのだろうか。返事くらいしろと言ってやりたいが、これまで高崎とは会話らしい会話をしたことがない。真意を測りかね、口の利き方ひとつ思いあぐねていると、高崎は言葉を選ぶようにして口を開いた。

「どこの学校にもいるだろうけど、西中にも相当なワルがいたんだ。その中のひとりが三津田にこっぴどく振られた。勝ち気な女の子だったから手加減なしにばっさりだ。で、ワルたちは逆恨《さかうら》みしていた」

「それが呼び出して、襲う動機になる？」

「たぶん。じっさい三人は現場にいて、悲鳴を聞いて駆けつけた先生や生徒を見るなり、大慌てで逃げ出した」

「だったら、もう犯人じゃないか！」

つい大きな声が出てしまった。高崎に加え大久保も「まあまあ」と手を動かした。

「そう簡単にいけば警察はいらないって」

三年前まで西中にいた「筋金入りのワル」は三人組で、強面《こわもて》でガタイのいいのと、いつも薄ら笑いを浮かべている陰気男と、すぐ切れる刃物タイプ。ずいぶんと扱いにくいのがつるんだものだ。

彼らが現場から逃げ出したところは複数の目撃者がいたので、駆けつけた警察にもそのことが告げられた。学校内の出来事とはいえ、れっきとした傷害事件だったために警察にも通報されたのだ。

そして数時間後、三人は根城《ねじろ》にしていた廃ビルの中で捜査官に発見され、そのさい抵抗したことから公務執行妨害として補導され、個別に取り調べを受けた。三人は三人とも

「はめられた」と騒ぎ、自分たちじゃないと訴えた。

なんでも事件前日に、三人のうちひとりが携帯を紛失し、探していたところ、くだんの携帯から別のひとりにメールの着信があった。見れば、「美術準備室」というひと言のみ。なんだろうと思い急ぎ向かうと、三階の廊下を歩いているときに悲鳴やら物音が聞こえたという。とっさに駆け寄り準備室のドアを開けると、女生徒がうつぶせで倒れていた。なくなった携帯も、その傍らに落ちていた。

現場から逃げ出した理由は、自分たちが真っ先に疑われると思ったからだそうだ。

「中にいたのは女の子ひとりだけ？」

「そいつらの証言によればね」

「でも、何者かに襲われていたんだろ。三人組は廊下で物音を聞いた。ということはそのとき襲った人間は中にいたんじゃないか？」

準備室には二カ所の出入り口があり、ひとつは廊下、ひとつは授業に使われる美術室へと通じている。連中が入ったのは廊下からで、鍵はかかっていなかったという。美術室へのドアにもまた鍵がかかっていなかった。つまり、連中以外に犯人がいた場合、となりの美術室に逃げ込むことはできたのだ。

「でもそこからは？　誰にもみつからず、逃げ出すルートはあったのか？」

芳樹の言葉に、大久保はおもむろに自分のノートを取り出した。下手くそな絵で見取り図を描き始める。廊下がまっすぐ延び、片側は壁や窓。反対側に教室が並んでいる。最奥が美術室で、ひとつ手前の小部屋が準備室。廊下に三つの人形《ひとがた》を描き入れた。

「連中が逃げ出したときには、先生や生徒がばらばら集まってきてた。真犯人が別にいて、美術室に隠れたとしても袋のネズミだ。たちどころに見つかってしまう。じっさいすぐ調べられた」

「でも誰もいなかったんだろ？」

「うん。たとえばだけど、犯人は一旦美術室に逃げ込み、様子を見ながらこっそり廊下に出たとする。集まってきた人たちの間に、紛れることはできるかもしれない。だけどその場合、問題がある。美術室から廊下に出るドアが閉まってたそうだ。しっかり鍵がかかっていたんだよ。内側からロックできるタイプじゃない。廊下側からドアの前に立ち、鍵穴にキーを差し込んで回さなきゃいけない。犯人がこれをするのはかなり危険だろ？」

たしかに廊下に立って鍵をかけていたら、人目につきやすい。誰かに気づかれれば言い逃れはむずかしいだろう。偽のメモや、招き寄せる場所など、用意周到な犯人にしてはずさんな脱出方法だ。

「そのキーの扱いって、どうなってた？」

「理科室や音楽室同様、まとめて職員室で保管していた。部活で生徒が使う場合は居合わせた先生に声をかけ、ノートに名前を書いて持ち出すんだ。事件のあった日は美術部の活動が休みだったのに、ペアでくくられていた美術室と準備室の鍵、どちらもなくなってたそうだ。ノートの記載はなし」

「先生の目を盗み、犯人が持ち出したのか」

「だろうね。ちなみに呼び出すために名前を使われた子、テニスコートで大泣きした新山有佳は美術部だ」

襲われた子は、当然そのことを知っていたので、伝言メモで準備室を指定されても疑わなかった。いよいよ練りに練った計画だろう。あじとに逃げ込んですぐ捕まるような連中には、不似合いの犯行かもしれない。

芳樹は大久保の描いた見取り図を真剣にのぞきこんだ。

「一番奥の教室に、唯一通じているのがまっすぐ延びた廊下か。階段やトイレも近くにない。そして廊下には悲鳴を聞いて駆けつけてきた人たちがいた。ふつうに考えれば袋のネズミだな。準備室にいたのは倒れた女の子だけ。三人組の証言がほんとうなら、犯人はどこに行ったんだろう。床に潜ったのか、天井に登ったのか」

「それはない。床も天井も壁もあやしいところはなし。隠れられるような場所や置物もなかった」

「そうだ、窓は？　教室には窓があるだろ？　ここって何階だっけ」

「湯沢、よく気がついた」

大久保は大喜びで片手を差し出した。握手を求めてくるが、即刻はたいてやった。つくづく大げさなやつだ。

「窓はたしかにある。でも美術室があるのは三階だ。飛び降りることはできない。ただし、この廊下の突き当たりには非常口があってね、外階段に出られるんだ」

「ずるい。それって反則だろ。早く言えよ」

「いやいや、よく聞け。あっても使えない。外階段は老朽化《ろうきゅうか》が激しく、何年も前から使用禁止だ。廊下からは出られない。非常口の鍵も開けられた形跡はなかった。ただし」

「ただし、多すぎ」

「しょうがないだろ、これでも順を追ってしゃべっているんだ。美術室の西側の窓から身を乗り出し、危険を承知でがんばれば、外階段に飛び移ることができるかもしれない。そういう角度と近さに階段はあるんだ」

「もしかして、それが唯一の脱出ルート？」

おもむろに腕組みした大久保が首を縦に振った。

「窓は開いていたのか」

「ビンゴだ、湯沢」

正確な位置や距離が分からないからなんとも言えないが、窓から外に出て、飛び移る前に窓を閉めるのはいかにもむずかしそうだ。まして部屋の内側から鍵をかけるのは、ほとんど不可能。

「もうひとつ、外階段には確固たる証拠が残っていた。美術室のキーが落ちていたんだよ」

「なるほど。じゃあ、女の子を襲った犯人は、駆けつける人たちに気づいて準備室から隣の美術室に逃げ込んだ。そして西の窓から外階段に飛び移り、逃走した。そういう推論のひとつができあがるわけだ」

「そう。あくまでもひとつ」

ワルの三人組が目くらましのために西の窓から鍵を投げ捨てた、とも考えられるのだ。この場合、時間がネックかもしれない。襲って、となりの部屋から鍵を投げ、準備室に舞い戻って、三人一緒に逃走する時間だ。

一方、被害者の女の子からは、回復を待って警察も状況を聞いたそうだが、ほとんど収穫がなかったらしい。メモに従って美術準備室に出向いたものの、ノックをしても返事がない。ノブを回すと鍵はかかっていなかった。恐る恐る中に入ると電気はついておらず人の気配もない。小部屋の中央まで進み、ひょっとして美術室の方かと、足を向けたところ背後から襲われた。

飛びかかってきたというより、大きなビニールシートを頭からかぶせられたそうだ。木工や彫刻をするときに使う青い敷物で、準備室にしまわれていた。犯人はシート越しに女の子を羽交《はが》い締めにし、女の子は必死に抵抗した。なんとか逃れようと無我夢中で暴れたのだ。狭い部屋だったので机にぶつかり、棚の物が落ち、悲鳴を上げて助けを呼び、ほんの少し相手の力がゆるんだところでシートを払いのけた。けれどその直後、頭に衝撃を受けて倒れた。

凶器は布につつまれたワインボトルだった。静物画を描くときに使う空き瓶だそうで、蔓《つる》で編んだ籠《かご》やドライフラワー、麦わら帽子と一緒に保管されていた。凶行に使用されても、割れることなく女の子のそばに転がっていた。手袋をしていたのか、ぬぐい去ったのか、犯人のものらしき指紋は採取されなかった。

「襲った相手が、男か女かもわからないみたいだ」

「ひと言も発しなかったのか」

「うん。もみ合ったといってもシート越しだしな。女の子にとってはジタバタするのがやっとだろ。相手の背丈や体つきにかまってる余裕はないよ」

結局、被害者の証言からは、めぼしい手がかりは得られなかった。

「でもその女の子は、犯人のめあてとはちがう子だったんだろ？　三津田さんだっけ、メッセージは別人宛だった可能性が高い。だとしたら、犯人も襲うのをやめとけばよかったのにな。いや、三津田さんだって襲っていいわけじゃないよ、もちろん」

「ふつうならそうだろうけど、ワル三人組だったら誰でもいいやと襲いかねない、みんなはそう思った。とにかくいい加減で、凶暴なやつらなんだから。でも連中は連中で『はめられた』の一点張りだ。それはそれで根拠がないわけじゃない」

大久保が言うには、彼らにひどい目に遭わされていた人間はひとりふたりではすまず、仕返しをもくろんだのがいてもおかしくないそうだ。

「彼らに罪を着せるために、用意周到に準備して、関係ない女の子を襲ったのか」

「ひどいやり口だけど、辻褄《つじつま》は合うんだよ。前日に携帯を盗み、犯行直前にメールしておびき寄せる。連中はまんまと罠にはまった」

現場に携帯を残し、自分は美術室に逃げて窓から外階段に飛び移る。行動として、できない話ではない。

「どんな恨みだか知らないけど、仕返しならもっとちがうことしろよ。軽傷だったのは結果論だろ。打ち所が悪かったら死んでたかもしれない。ワインボトルで殴りつけるなんて、どうかしている」

「まあまあ、こんなところでカッカするな。ちょっとしたもめ事というレベルではないから、警察も捜査に乗り出したし、三人組は自分たちの無実を訴え大騒ぎだ。真犯人を暴《あば》いてやると、本気で息巻いていたよ。それが公立入試の直前。あの年の西中はほんとうに大変だったんだから」

ため息まじりにしみじみ言われ、芳樹としてもこみ上げた義憤《ぎふん》の持っていきどころに困る。よその中学で、それも三年近く前に起きた出来事なのだ。今話に出ていた生徒はみんな卒業し、それぞれの高校に散った。順調に進級していれば、その高校生活もあと数カ月だ。

十二月の弱々しい西陽《にしび》を受けた教室で、たまたま居残り作業をさせられた男子四人、仕分けし終えたプリントを前に過去の話で熱くなったものの、落としどころがみつからない。取ってつけたような静寂が訪れた。

高崎が自分の鞄をたぐり寄せ、中から飲みかけのスポーツドリンクを取りだした。キャップを外し、無造作に呷《あお》る。それまでずっと黙っていた水野が「いいな」とつぶやいた。

「飲む？」と目配せされて首を横に振る。

大久保はもともとノリのいいムードメーカーだが、水野は度の強い眼鏡をかけた物静かな男だ。早々と学校推薦で公立大学に受かり、雑用をさせられることが増えている。神経質そうな顔立ちで取っつきにくいが、頼まれれば嫌がらずに引き受け、きちんとこなしているようだ。先生からもすっかり重宝がられている。

水野と高崎のやりとりを眺めながら、芳樹も椅子の背もたれに体を押しつけ伸びをした。ついでに肩や首をまわす。自分も喉を潤したいと思ったが、

「なあ、大久保」

それは言わずに話を戻した。

「三人組以外に、犯人として疑われた人物はいたのか？」

「ああ、まあそりゃ。いたような、いないような」

「なんだよ急に、歯切れが悪いな」

「だって、警察と三人組がどっちも真剣に犯人捜しを始めたんだよ、校内で。空気の悪いこと悪いこと。みんなぴりぴりしていた。あやしまれた人はただそれだけで気の毒というか、災難というか。警察に話を聞かれたのは卒業生や下級生の他、先生までいる」

「先生？」

「過去のセクハラ疑惑をネタに、三人組にゆすられていたらしいよ。先生本人によると、

まったくの潔白で身に覚えのないことだから毅然《きぜん》とはね除《の》けていたらしい」

そう言いながら大久保の口ぶりはどこか疑わしげだ。疑惑が持ち上がると真相はどうあれ、まわりはついつい灰色扱いしてしまう。当事者には大きなダメージだっただろう。

三人組のやり口は容易にうかがい知れる。弱味を握ったら最後、執拗《しつよう》にまとわりつき、恐喝《きょうかつ》まがいのことをしていたのだろう。

「実はさ」

「ん？」

「その中のひとりというのが……、えっと、その、今だからいいかな。思い切って、聞いちゃうけど。警察の事情聴取を受けたという噂があって」

大久保はにわかに身じろぎし、そこまで言って口ごもる。視線だけちらちら動かした。その先にいるのは高崎だ。彼は唇をきゅっと結び、指先で机の表面をなぞり、それを止めて静かに目を伏せた。

「えーっと」

「いいよ、大久保」

「ごめん。言いたくないんだったら――」

「あやまるなって。よけいにへんじゃないか。あのとき、そうだよ、おれのところにも警察が現れた。三人組も来たよ。あいつらに脅されていたから」

彼の硬い表情を、芳樹はぽかんと眺めた。話が飲み込めない。誰のことを言っているんだろう。

自分ならば、あるいは自分のまわりの知り合いならば、もっと言ってしまえば大久保や水野であるなら、想像できなくもない。ちょっとした巡り合わせで不運を引き寄せてしまう危険が、いかにもありそうだ。でも高崎に限ってはまったくイメージできない。握られるような弱味など見あたらないのだ。

想像が追いつかないでいるうちに、彼は続けた。

「中二のときにふざけてタバコを吸ったんだよ。それを写真に撮られて脅された」

「なんだ、タバコかよ」

大久保はむしろ朗《ほが》らかに言った。

「それくらい、誰でもやるじゃないか」

「写真を撮られたのはきつかった。相手が相手だし。今だったら笑い飛ばせるよ、おれだって。でもあのときはまだ中二で、身長も今ほどなかった。百五十ちょっとだったかな。痩せて病気がちで、バスケ部にはいたけど試合なんてぜんぜん出してもらえなかった。勉強もできた方じゃないし、相談できるような友だちもいなかった」

「そうだっけ……。たしかに中学の頃のおまえって、あんまり覚えてないかも」

「大久保の方がよっぽど目立ってたよ。体育祭でも修学旅行でも楽しそうにしてたじゃないか。おれの身長が伸び始めたのは、三年の夏を過ぎた頃からで、体もそれにつれて丈夫になった」

再びきょとんとする。芳樹にとって高崎は、高校入学以来ずっと人目を引く存在だった。

「だから、あの頃は三人組にびびってた。かっこ悪い話だけど」

「いやいや、高崎だけじゃない。みんな恐がっていたさ。なるべく関わらないよう、逃げることばっかり考えてたよ」

「あいつらしつこいからな。ねちねち絡まれ、ゲームソフトや漫画を取り上げられたこともある。金の要求だけはのらりくらりとはぐらかしていたけど、事件のあった時期もまとわりつかれていて、うんざりしてたんだ。それで連中、すぐにすっ飛んできた」

「おまえの仕業だと疑って？」

高崎は長い足で床を蹴った。よっぽどいやな想い出なのだろう。

「美術室の窓から外階段まで、おまえなら飛び移れるだろうってさ」

「あ、そうか。運動神経がなきゃできないことだな。おれみたいな体格だと最初から無理」

大久保は出っ張った腹をさすって叩いた。

「運動神経があったって命がけだよ。事件のあと、美術室まで行って西の窓から外を見てみた。もしもあそこからほんとうに脱出するとしたら、腰高の窓をまたいで近くの樋《とい》を摑み、スパイダーマンみたいに壁に張り付き、ちょっとした出っ張りを足がかりにして、そろそろと横に移動しなきゃならない。最後の一メートルくらいは思い切ってジャンプだ。そうすりゃなんとか階段に届くかもしれないけど、少しでもバランスを崩せば真下に落ちる。あそこの下、知ってるか？　地面がコンクリートで覆われている。三階の高さから落ちたらただじゃすまない」

「それをやつらに言ったのか？」

「言ったけど、納得はしてなかったな。でもおれには一応、アリバイがあったから、それ以上は絡まれなかった」

「アリバイ？」

芳樹も大久保も水野も声をそろえて聞き返した。

「女の子が襲われた時間には体育館にいて、下級生の練習に付き合っていたんだ。県立高校《こ こ》に推薦枠で受かっていたから、その頃もうヒマだったんで」

「二月の初めといえば、そういう時期か」

芳樹たちの住んでいる県では、一月中に公立高校の推薦入学が決まる。一般入試は二月の下旬だ。そして三月に入ってすぐに卒業式というスケジュールになる。

「警察からもいろいろ聞かれた。大久保が言ったように、三人組に弱味を握られていたやつは複数いたみたいだけれど、警察の方でも連中が暴走しないように目を光らせてた。しっかり首根っこを押さえてくれてたから、脅迫や恐喝はおさまっていたんだ。かえってありがたかったよ。他の人にもアリバイがあったり、飛び移るのは無理だと思われたりで、ぼこぼこにされた者はいなかったはずだ」

芳樹が喫煙の写真のことを尋ねると、高崎は白い歯をのぞかせた。

「警察が没収した。今後は気をつけろと注意されたけど、学校には内緒にしてくれたんだ」

そりゃよかった、気が利くじゃないかと芳樹も思ったが、万事めでたしめでたしというわけではない。

結局、犯人はわからずじまいなのだ。女の子を襲った人間は特定されず、関係者一同が卒業したことによりうやむやにされた、ということだ。早く忘れたかったのか、本人も被害届を取り下げてしまったらしい。

三年近くが経つと人々の記憶は薄れているだろう。被害者だけが、やられ損じゃないか。

割り切れない思いで大久保の描いた紙切れを手に取ると、横から水野が言った。

「おれ実は、その事件でひとつだけ、妙なことを聞いてるんだ」

「は？」

「今まで誰にも言ってないんだけど」

水野は眼鏡のブリッジを押して持ち上げた。

「秘密にしてたわけじゃなく、おれ自身、どういうことかわからなかったから」

「なにそれ」

芳樹も大久保も高崎も、思わず身を乗り出す。

「おれは西中じゃなくて、近くの本田中《ほんだちゅう》だった。だから事件のことについてはほとんど知らない。でも通っていた塾で、仲良くしていたやつが西中だった。そいつは学校の敷地に生えている木に、リスが棲み着いているのに気がついて」

「リス？」

「たぶん野生化した台湾《たいわん》リスだと思う。ときどきひとりで見に行ってたらしい。そして、とある放課後、いつものように植え込みに隠れて木を眺めていると、そこから見える位置にある校舎の窓が開いた。三階の窓だ。たまたま視界に入っていたんだろうな。気にも留めずにいたところ、窓からひょいと腕が伸び、何かを放り投げるのが見えた。それは建物にくっついている階段に当たり、カツーンと音が響いた。なんだろうと思いつつもリスに注意を向けていると、今度は校舎から悲鳴や物音が聞こえた。そのあとは学校全体がざわつき、さっきの窓から先生が身を乗り出しているのが見えた。さすがにリスどころじゃなくなって、茂みから校舎に戻り、何があったのかわからないまま家に帰ったそうだ。途中でパトカーにすれちがったと言ってたし。今話しに出た事件の日だよな」

芳樹は見取り図の描かれた紙を眺め、ペンを手にして、水野の話に該当するであろう場所に木のマークを入れた。高崎の告白を聞いたときのように胸の鼓動が速まる。今自分は、とても重要な証言を得ているのではないか。そしてひどく動揺している。

「今の話って、つまりどういうこと?」

真っ先に大久保が口をきいた。

「窓から投げ捨てたのって、もしかして鍵か? カツーンって音がしたなら、金属と金属がぶつかったんだよな。外階段にあった鍵は、犯人が逃走するときにうっかり落としたんじゃなかったということ?」

水野は弱り切った顔で肩をすぼめた。

「はっきりしたことはわからないよ。今の今まで、事件そのものをほとんど知らなかったし」

「リスを見ていたやつは、どうして証言しなかったんだろう。たぶん、警察にも言ってないよな」

「ああ。でも隠していたわけじゃない。自分が目にしたものがなんだったのか、そいつもわかってなかったんだ。校内で起きた事件だし、女子が被害者だから、先生も警察も大っぴらに目撃情報なんて募《つの》らなかったんだろう。そいつにしても、ちょうど事件のあった頃から風邪を引いて熱を出し、公立の受験までに治さなきゃいけないと必死だった」

「学校を休んでいたのか」

「そうらしい。熱が下がって受験して、またぶり返して休んで、卒業式だけはなんとか出席したと言ってた。おれと会ったのも高校入学後の四月になってからだ。貸し借りしていた問題集を返しがてら待ち合わせ、そこでこの話が出た。たぶん、あのリスたちはどうしてるかなという流れからだよ。そいつが口にしたカツーンっていう金属音が印象的で覚えていたけど、落ちのない話だからな。そのときもすぐに他の話題に移った」

救急車やパトカーが駆けつけた事件とはいえ、人が死んだわけじゃない。自分から調べようとしなければ知らないまま、ということはありそうだ。

「でも、今初めて大久保や高崎から詳しく状況を聞いてみると、どう考えても妙だ。順番がちがう。そいつが見たのが窓から鍵を放り投げるシーンだとすると、女の子が襲われたのはそのあとになる」

「犯人が女の子を襲ったのち、美術室の窓から逃走する、という線はありえないわけだな」

大久保が人差し指を立て、念を押す。

「そうなるな。そいつは階段から降りてくる人を見てない。何者かが、鍵だけを放り投げたんだ。いったいなんのために」

「そりゃ、外階段で逃げたと思わせるためじゃないか？」

「だったらじっさいはどうやって逃げた？」

袋のネズミだ。美術室は三階の一番奥。壁にも床にも天井にも仕掛けはない。窓から外階段へのルートはダミーだったらしい。残るは廊下のみ。しかし悲鳴があがったとき、三人組がすでに近くにいた。彼らが犯人でないのならば。

水野と大久保の会話を聞きながら芳樹は唇を噛み、ふと思い立って高崎を見た。彼もまた芳樹に視線を向けていた。ふたりの目と目が合う。ほんの一瞬のことだ。どちらも何も言わない。凍り付いたように動かない。ただ、互いの目を見て息をのんだ。鏡をのぞきこむように、自分と同じ表情をした男がいる。ひらめいたものの正体に顔色をなくしている。

「おい、湯沢。黙ってないでなんか言えよ。刑事ドラマならここで名推理が飛び出す決めシーンだぞ」

「おれが？」

「そうだよ。言ってみろ。今こそ言ってみろ。聞いてやろう」

とんだ無茶振りだ。そのおかげで止まっていた呼吸が戻った。青ざめていただろう頬に赤みが差すのが自分でもわかった。

「じゃあ言うよ」

「よぉし」

「おれが思うに、あやしいのはやっぱり三人組だ。三人そろって現場に駆けつけ、疑われるのを恐れてあわてて逃げ出した。みんなこれを鵜呑《うの》みにしてるけど、ほんとうに最初から三人一緒だったのか？　仲間割れしてたのかもしれない。裏切り者はひとりなのか、はたまたボスを抜かしたふたりなのか。たとえばだけど、ひとりが先回りして美術室から鍵を放り投げ、準備室の片隅に隠れる。タイミングを見計らい、ボスの携帯に『美術準備室』のひと言をメール送信。そして現れた女の子を襲い、再び片隅に隠れる。ボスたち到着。何食わぬ顔で、遅れて駆けつけた振りを装い、自分もふたりの間に交じる。ボス以外のもうひとりも共謀していれば、うまいことごまかしてもらえるだろう」

大久保は大きく目を見開き、イルカの曲芸を見たように手を打った。

「それは盲点だな。考えもしなかった。動機は？」

「そろそろ悪事から手を引きたかったのかもよ。でもボスが恐くて正面切っては言えない。

だからわざと事件を起こし、警察を介入させた。女の子にも、怪我をさせるつもりはなかったのかもしれない。ぜんぶ想像だけどね。ただの思いつき」

「いや、おもしろい。三人組のうちひとり、ないしはふたりが犯人という推理は、まさに目から鱗《うろこ》だよ」

満足げな大久保をよそに、水野は首を捻り顎《あご》に手をあてがい、納得しかねている様子だった。そのとき、下校を促すチャイムが鳴り響いた。高崎が時計を見る。気づけば日はすっかり暮れ、教室も暗くなっていた。鉛色の空の先にはコンクリートのビルが小さく見え、塩の結晶のような明かりがぽつぽつ輝いていた。

立ち上がってプリントを片づけていると、部活を終えたブラバンの子たちがにぎやかにやってきて、四人は自然にばらけた。以来、話の続きをする機会は訪れなかった。

＊　＊

信号が青に変わる。止まっていた車の列が一斉に動き出した。ターミナルに入ってくるバス、出て行くバス、エンジン音がひとしきり高鳴り、それが収まったところで芳樹はもう一度、口にした。

「あの事件ね」

高崎はうなずき、長身を折って手すりに腕を載せた。その上に顎を置く。

「まさか目撃者がいたとは。水野の話には心底驚かされた」

「ほんと。最後の最後にひっくり返された」

軽い調子で芳樹が言うと、頭が動き、探るような視線が向けられる。こいつはこんな目をするのかと密かに感心してしまう。

「湯沢は何か気がついた？」

「何かって、事件の真相かな」

まっすぐ見返すと、高崎は目をそらした。

「最後におまえが披露した、三人組の仲間割れ説はありえない。いくらなんでも不自然だ。連中もバカじゃない。じっさい三人がえらい剣幕で階段を上がっていくのを、見ていた生徒がいる。三人は行動を共にしてたんだ」

「だろうね」

あれこそ、その場しのぎの思いつきだった。あっさり同意すると、高崎の表情がみるみるうちに曇った。息を大きく吸い込み、細く長く吐き出す。揺れる気持ちが手に取るように伝わってきた。案外わかりやすいやつなのかもしれない。

「だったら、湯沢が気づいたことって何？」

「高崎にもわかったんじゃないのか。唯一の脱出ルートが使われていないとしたら、廊下の突き当たりはほんとうに穴の空いてない袋状態だ。中にいたのはひとりきり。そうなんだろ？」

「女の子を襲った犯人は？」

「最初から、いなかったんだろうな」

ゆっくり告げると、目の前の男は背中を丸め、手すりに載せた自分の腕に顔を埋めた。

水野の話を聞けば、導き出される答えはどうしてもそれしかない。被害者を装った、女の子の自作自演だ。でもあのときは半信半疑だった。高崎と目が合い、彼もぎょっとしてるのを見て確信が増したが、あえて深追いはしなかった。

そして数カ月経ち、ふたりだけの場所で話を蒸し返された。今度は包み隠しはしない。その必要はないだろう。

「あのときなぜ言わなかった？　三人組の仲間割れ説なんか唱えて」

「高崎も口をつぐんでいただろ」

「昔の話だ。気づくやつはほとんどいない。だから……」

「もしかして、ここに口止めしに来たのか？」

高崎は体を起こし、芳樹に向き直った。

「そうじゃない」

「だったら何？」

「おれさ」

言いかけて逡巡し、空へと視線を向け、そこに浮かんでいるものに目を凝らすようにして、また口を開く。

「タバコ以外にもやばい写真を握られていた。タバコの写真をたてに酒を無理やり飲まされ、酔いつぶれたところを裸にされ、それを撮られたんだ。中坊の、それも男の裸だよ。誰も見たくないだろう。今だったらそう思えるけど、当時は死ぬほどつらかった。学校中にばらまくと脅されて、どうしていいかわからない。あげくの果てに卒業間近になってから万単位の金を要求された。応じるしかないと思ったよ。でも高校に入ってからも脅迫が続くなら、いっそのことと思い詰めるようにもなってた。そんなとき、あの事件が起きたんだ。おれは、あれに救われた」

芳樹は手すりを摑んでいた手に力を入れた。黙って首を縦に振る。それしかできない。相手はろくに話したこともない、クラスの中心人物だ。十二月に雑用を一緒にやっていなければ、昔の話を聞くこともなかっただろう。

今の体格からすれば想像しづらいが、こいつは中三までは背が低く、ひ弱だったらしい。だから、悪い連中はどんどん図に乗った。一度できてしまった上下関係は容易に覆《くつがえ》せない。よっぽど陰に回っての陰湿なやり口だったにちがいない。誰にも相談できず、逃げ場のない、それこそ袋小路に追い詰められていたのだろう。

「あの事件のせいで、連中は人をゆするどころじゃなくなり、真犯人捜しにやっきになった。警察にも目を付けられ、携帯やパソコンは調べられた」

「その、やばい写真っていうのは？」

「十二月に話したとおりだ。警察が押収してくれて、しっかりしろとはっぱをかけられた。弱味を握られるな、握られたら相談しろと、電話番号を教えてくれた刑事もいたよ」

高崎は、やっと笑みらしきものをのぞかせた。

「なんだか憑《つ》き物が落ちた気分だった。閉じこもっていた穴蔵から広い場所に出た感じ。そうなって初めて気づいた。おれ、あいつらより背が高くて、体格もぜんぜん負けていなかった」

穴蔵にいる間はそんなことさえ気づかず、頭を押さえつけられて縮こまっていたのだ。

自分はどうだろうと、芳樹は密かに振り返った。小学校、中学校時代と比べて、進歩はあっただろうか。人をうらやんだり嫉妬《しっと》したりせず、こいつはこいつ、自分は自分と無理せず思えるようになったのは、いくらか成長した証かもしれない。

「被害にあった子は、佐藤やよいというんだ。二年のときだけ同じクラスで、三年はちがったけど、F女学館の音楽専科に入ったことは聞いた。どうしているだろう。湯沢、F女学館に知り合いがいるんだよな。前に、クラスのやつらにそう話してなかったっけ」

「ああ。イトコがね、いることはいるよ。もしかして、おまえの言ってる女の子に伝えたいことがある？　それとも今どうしているか知りたい、とか」

芳樹の言葉に、高崎は唇を噛み、頭を少し傾けた。

「ここまで来る途中、ずっと考えていたんだけど、そっとしておいてほしいかもしれない。どうしているかは知りたいよ。でも、元気だったらそれでいい。おれが今、あのときはありがとう、助かったなんて言ったら、困らせるだけだろう。それは不本意だ」

「むずかしく考えるなよ。もし、また会うことがあったら、事件のことなんか気にせず、おまえはふつうに話せばいいんだよ」

「湯沢」

これまでで一番、力のこもった声を聞いた。高崎の目は笑っているが熱気のようなものが押し寄せた。

「ありがとう。それ聞いて、すげー嬉しい。それでさ、三年前の事件については、これからも誰にも言わないでくれ。さっきはちがうみたいに言ったけど、おれ、やっぱり口止めしに来たんだ。ただ、その前におまえの腹を探りたかった。どういうつもりなのか知りたくて」

へえ、という思いで、まじまじと端整な顔立ちを凝視《ぎようし》する。十二月の教室で、水野からの話を聞き、ひょっとしてという想像にかられたとき、ふと高崎と目が合った。鏡の中の自分を見るような気持ちになったが、あながち外してはいなかったらしい。

「おれに、F女学館の知り合いがいるというのも、伝言を頼みたかったんじゃなく、やばいと思ったわけ？」

高崎からしてみれば、よけいなことをしゃべりはしないかと不安にかられたのだろう。

「まあね。考え出すときりがなくて」

「気になるならもっと早くに言えばよかったじゃないか。何もこんな、卒業式の日に」

「三年も前の、ちがう中学校の出来事だ。おまえがそのまま忘れてしまうなら、その方がいいと思った」

寝た子を起こしたくない、か。

「だったらどうして、今日――」

「『仰げば尊し』を歌ったから」

虚《きょ》を突かれる。とたんに頭の中にピアノの音色が流れ、体育館のひんやりした空気が蘇った。並べたパイプ椅子のきしむ音や誰かの咳払いまで聞こえるようだ。

「中学二年の、ちょうど今ごろだよ。誰もいない教室の机の上に、誰かが置きっぱなしにした布製の袋があってね、そこに平仮名で『やよ』って書いてあった。三年生の歌う『仰げば尊し』を聞いたばかりだったから、自然と口ずさんだ」

駅前のバスターミナルの陸橋の上で、高崎がすっとワンフレーズを口にした。

身を立て　名をあげ　やよ　励《はげ》めよ

自分も歌ったばかりだ。仰げば尊し、我が師の恩、教えの庭にも、はや幾年《いくとせ》。古めかしい歌詞で意味不明なところも多く、毎年他の歌に代える案が浮上する。今年もそうだった。候補はいくつもあがったが絞りきれず、ほとんどなし崩し状態で今年も例年通りの「仰げば尊し」。でも、しんと静まりかえった体育館で歌い始めてすぐ、不思議な感動が胸の奥底からこみあげた。

多くの学生がこの歌をうたい、新しい場所へと巣立って行った。自分もそのひとりになる。節目を噛みしめるには、やはりふさわしい曲だった。

「そしたら、その袋の持ち主が現れてびっくりした。そりゃ驚くよな。他に誰もいない教室で、自分の袋を眺めながら歌なんかうたっている男がいたら。おれはおれでバツが悪いやら、恥ずかしいやら。あわてて『やよ』を指さした。歌詞にもある『やよ』。そしたら彼女は袋を手にとって広げて見せた。『佐藤やよい』という名前だった。よけいに焦《あせ》って、おれは言ったよ。『仰げば尊し』って、佐藤さんの応援歌みたいだねって」

今日の卒業式、彼はそのやりとりを思い出したのだ。

「たしかに、『やよ、励めよ』だ」

「な、ぴったりだろ」

「事件を起こした子が、佐藤やよいか」

「おれを窮地から救ってくれたあの子を、守らなきゃと思ったんだ。湯沢が何の気なしに誰かにしゃべったことが、まわりまわって例の三人組の耳に入ったら、何があるかわからない。取り越し苦労かもしれない。でも、おまえの口はふさいでおかなきゃと思い、ホームルームの後、夢中で追いかけたんだ」

それで思い出したくもない自分の過去もしゃべったのか。

「よくわかった。おれもその女の子を守る側に回るよ。これでも口は堅い方だ。安心しろよ。だからもう、クラスの打ち上げ会に行けば？　今からでも間に合うだろ」

「湯沢は？」

「今日は用事があるんだ。もう行かなきゃ」

「そうか。ごめん。引き留めて悪かったな」

ほっとしたように目を細める彼に春の明るい日差しが降り注ぐ。心地よい風が芳樹のもとにも吹き込んだ。


高崎にはまた会おうと言われ、くすぐったい思いと共にうなずいた。そうだな。縁があったら、な。


つぶやきながら去っていく後ろ姿を見送り、芳樹はずっと手にしていた携帯電話にちらりと目をやった。数メートル移動して空いてるベンチに腰かけ、深呼吸をひとつ。

「やっこちゃん、もしもし」

「うん」

くぐもった声が返ってきた。

「今の、聞いてたよね？　明らかにやりすぎだ。無茶もいいとこ。今おれ、すっごく怒ってる」

「うん」

「二度とやらないと約束しなきゃ、直《ただ》ちに叔母さんにチクる」

「やめて。ごめんなさい。ほんとうにごめんなさい。反省してます。二度としません。誓います。だからお願い。ママには内緒にして」

まったくもう。気合いを入れて、恨みがましく言ってやった。

「去年の十二月、あのときの詳しい話がやっとわかって、血の気が引いたぞ。もしやと真相がよぎったとき、まちがいなく寿命が縮んだ」

「ほんのちょっとのつもりだったの。そしたら思わぬクリティカルヒットで」

「こらっ！」

校舎の最奥《さいおう》で起きた事件、廊下にはワルの三人組がいた。被害者を襲った犯人に残された逃げ道は窓から飛び移っての外階段だけ。でもそれが使われてないとしたら、犯人はどこに消えた？

煙じゃあるまいし。種明かしはとっても簡単だ。美人のクラスメイトとの鞄の掛け違いも、女の子らしいメモ用紙も、似せて書いた呼び出し文も、鍵の調達も、ふだんはまあまあ素行のいい女子生徒なら怪しまれずにできる。前日、携帯電話を盗むのはむずかしかっただろう。ゲームセンターに入り、すきを狙ってこっそり奪うくらいしか手段はない。逆に言えば、それさえうまく行けば作戦決行だ。

放課後の美術室で、窓を開けて鍵を放り投げたとき、どんな思いでいたのだろう。見られていたのはもちろん想定外だ。彼女はちゃんと逃走ルートを確保しておきたかった。自分が疑われないためにも。

そして鍵を投げてから準備室に入り、携帯で三人組を呼び出し、彼らが廊下に現れたところでめちゃくちゃに暴れて物音を立て、悲鳴をあげ、最後、布きれで摑んだワインの瓶を天井に投げ上げた。わざと自分の頭で受け止めたとき、予想以上の衝撃だったというわけか。どっちにしても無茶苦茶だ。打ち所が悪かったらどうする。

「お転婆《てんば》は変わってないね。子どもの頃の武勇伝が、よぎるよぎる」

「いたたたた。ちがうの。あれはしょうがなかったの。わたしの友だちにすごくきれいな子がいて、ほんとうに狙われていたの。たまたま悪巧《わるだく》みを聞いちゃって、なんとか阻止したかったのよ」

芳樹のイトコはいっとき、進路について悩んでいるようだったが、音楽の道に進みたいと言い出し、高校は将来を視野に入れた学校に決めた。三年後の今、音大にストレートで合格している。

小学生の頃ならいざ知らず、中学生の女の子がいくらひどい相手とはいえ、誰かを陥《おとし》れるために緻密な計画を練り、しかも実行してしまうなんて考えられない。結果的に親に心配をかけ、警察まで欺《あざむ》いたのだ。

　十二月の時点では動機がさっぱりわからず、「もしや」と思いつつもそれ以上の考えは保留した。時間をおいて、いずれ本人に尋ねようと思っていた。でも今日、高崎がやってきた。陸橋の上で事件の話を始めたとき、彼女がそこまでした動機がわかった気がした。

　だから、手にしていた携帯を気づかれないよう指先で操作し、電話をかけ、高崎とのやりとりを聞かせた。

「ふーん、女友だちのためにね。それだけ？　今思うと、おれの学校の写真をやけに見たがったよね。修学旅行の集合写真なんか特に。バスケ部の対外試合のことも、聞かれたことがあった。あれってなんだろう」

「さあ。なんだろうね」

「いい男だから、ライバルは多そうだよ」

　ほんのちょっと間が空く。

「わかってるよ」

「モッツァレラチーズは買えた？」

「今、スーパーの前。すごく久しぶりに声が聞けた。ほんとに、ありがと」

　バカだなあ。やもたてもたまらず無茶をして、事態が大きくなりすぎて、結果、収拾がつかなくなった。誰にも真相を打ち明けられず、固く口をつぐむしかなくなったのだろう。そして、自分の気持ちも無理やり封じ込めた。彼を助けるためにしたことだったのに。

「そうだ、やっこちゃん、今日は卒業おめでとう」

「よしくんもだよ。おめでとう」

洟《はな》をすする音がした。どこかのスーパーの入り口で洟をかんで目元を拭っている女の子がいたら、それは自分より二カ月あと、三月三日のひな祭りに生まれた、母親の妹のひとり娘だ。

小さい頃は「やよい」とうまく言えず、自分のことを「やっこちゃん」と呼んでいた。中学のときに思わぬ事件に巻きこまれ、彼女の両親はもとより祖父母も伯父伯母もえらく心配した。何が起こったのか尋ねても、その頃同じく中学生だった自分にはちっとも教えてくれないほど、ぴりぴりしていた。よからぬ噂になりやしないかと絶えず気を揉んでいたのだ。

年頃の女の子にとって「襲われた」というひと言は深い傷になりかねない。無事に高校を卒業し、今日は晴れてのお祝い会だ。

またあとでと電話を切り、いつの間にか広がり始めた白い薄雲を眺めながら、芳樹は口ずさんだ。

身を立て　名をあげ　やよ　励めよ
今こそ　別れめ　いざ　さらば

ほんとうだね。君の、応援歌だ。

雪の糸

あのとき――という言葉が聞こえ、比呂美《ひろみ》は顔を上げた。

ゆで卵の殻を剝《む》いていた。目の前のカウンター席には、ついさっきまでスポーツ新聞を読みふける男性客がいた。コーヒー代の四百円を置いて帰ったばかりだ。

今店内にいるのは、比呂美と同年代のふたり連れ。テーブル席に向かい合って座っている。平日の十時半は中途半端な時間帯で、へたをするとお客が誰もいないときもある。ランチ向けの「仕込み」をせっせとするだけだ。

ゆで卵のあとはピクルス用にカリフラワーを茹《ゆ》でる。スープストックの追加も準備しなくては。

背後の棚にはずらりと酒瓶が並び、夜は酒が主体の店になる。髭《ひげ》のマスターが現れるのは夕方。鼻歌交じりの登場に合わせ、小さな店は雰囲気を変える。それまでは比呂美が切り盛りしている。昼にはパートさんが入り、形ばかりの休憩も取れるので、朝の九時から店を開けていた。

あのとき、ベランダに白い猫がいて驚いたよね。まさか飼っている人がいるとは思わな

う。かった。かわいかったなあ。ミルクだっけ。うん、白いからミルク。今どこにいるんだろ

　ふたりの会話がBGMのジャズよりなめらかに耳に入る。男性はメタルフレームの眼鏡をかけ、そのせいもあるだろうか、いかにも頭脳明晰で生真面目そうに見える人だ。証券会社に勤めていると聞いた。今日はラフなシャツ姿だが、会社帰りに立ち寄るときはかっとしたスーツを着込んでいる。

　女性はよくしゃべりよく笑う快活な人で、イベント会社の企画室でこき使われていると楽しげにこぼす。膝のすり切れたジーンズも肩の落ちた襟《えり》ぐりの広いセーターも、ゆるんでとれかかったパーマの髪型も、気取らない彼女に似合っている。

「うちのミルクはしょっちゅう賞味期限が切れていたな。飲みきらないなら、小さいパックを買えばいいのに」

「そうだ。私が沖縄に行ってる間に、やっぱりケチャップ捨てたでしょ。冷蔵庫のどこにも見あたらないもん」

「まあね」

「あ、認めるんだ。勝手なことしないでとあれほど言ったのに、捨てといてシラを切り通すとは。祥吾《しょうご》ってほんと、信じられない」

「賞味期限を三カ月も過ぎたケチャップで、オムレツに落書きされても困る」

「三カ月なんてぜんぜん大丈夫よ。知らないの？　むずかしい計算はできても、生活力、低すぎ」

棘《とげ》のある声が、ＢＧＭをねじ伏せる。比呂美は目を伏せ、剝いた卵を小さなボウルにまとめた。

友だちの紹介で知り合ったというふたりは、恋人として付き合うようになり、結婚を前提に同居を始めた。アパートの契約更新がどちらかに迫り、いっそのこと広い部屋に移って一緒に暮らそうと話がまとまったらしい。

越してきてすぐ、商店街の外れにあるここ、喫茶店「エルム」をみつけた。気に入ってくれたのは幸いだ。比呂美も働き始めたばかりの頃で、同年代のふたりが美味《おい》しそうにエスプレッソやカフェオレを飲む様子は心を明るくさせた。手作りのミックスサンドイッチもチーズケーキもシフォンケーキも贔屓《ひいき》にしてくれた。

けれどたったの一年半。合わないことがよくわかったと、気取らない彼女は口にした。配合を変えたオリジナルブレンドの風味についてなら、どんなによかっただろう。空調の温度やＢＧＭの種類なら希望に添うこともできたのに。

今日を限りに、彼はこの町を去るという。すでに荷物はまとめられているのだろう。彼女は明日、ゴミ捨てなども終えた後、鍵を返却してから手伝ってくれた友だちの車に乗り込む。挨拶《あいさつ》には来られないからと、今日、顔を出してくれた。

「ケチャップはすっかりやられたけど、私だって、やる側にまわったこともあるのよ。祥吾、気づいてないでしょ」

彼が大げさに顔をしかめる。

「はあ？　なんだよ今さら。腹が痛くなってきた」

「ちがうわよ。食べ物じゃないの」

彼女は携帯を取り出して操作し、画面を彼の方に向けた。

「桜？」

「そう。相田町《あいだちょう》の一本桜。祥吾の先輩の家だっけ」

「いや、先輩の、親戚の家だよ」

相田町と聞き、比呂美は思わず身を乗り出してしまった。そのとたんバランスを崩し、足が滑る。洗い場の蛇口を摑んだので、転倒はまぬがれたものの、彼女に気づかれ笑われた。

「すみません」

「比呂美さんも知ってる？」

見せてもらい、うなずいた。住宅街の一角に古木がそびえたっている。地元の人間だけが知る、ガイドブックはおろか口コミにすらあがっていないようなローカルスポットだ。

「アパートを探すとき、なんで越谷《こしがや》と思ったの。でも下見のついでに祥吾、自分の通っていた高校に連れて行ってくれたでしょ。この桜の場所にも寄った。冬だったから葉っぱの一枚もなかったけど、立派な枝振りで、これはただものじゃないと思ったの。高校生の祥吾がお花見をした話も聞いて、越谷もいいかと思ったんだ」

彼の親は転勤族で、各地を転々としたそうだ。中学三年のときから高校にかけて、ここ埼玉県の越谷市に住んでいたという。

「じっさいに引っ越してきたのは去年の四月末でしょ。花はすっかり散ったあとで、見られなかったのよね」

「だったらその写真は今年の？」

「そうよ。休みが合わなかったから一緒には行けなかったけど、私ひとりで見てきたんだ」

知らなかったとつぶやいた彼が、すぐに畳みかける。

「どうやって？　ここからは遠いだろ。川向こうの高校の、さらに向こうだ。下見のときはレンタカーでぐるりとまわったからあっという間だったけど、足がなきゃ行きにくい。

歩き？　まさかな。タクシー？　おい。金がないない言いながら、簡単にタクシー使うなよ」

「そういうのが嫌なの。ぐだぐだ言われるのがわかっているから黙ってた。ほんっと、みみっちい」

「なんだと」

「何よ」

比呂美は目立たないよう息をつく。彼も彼女もひとりずつ会えば悪い人ではない。たしかに彼は神経質で口うるさく、いちいち白黒付けたがる。自分の主張を通したがるところは負けず嫌いなのか、子どもっぽいと言うべきか。反対に彼女は万事大ざっぱで、行き当たりばったり。熱しやすく冷めやすい。面倒くさいことや興味の持てないことには手を抜きがちだ。そして、相手の嫌がることをずけずけ言ってしまう。

「あーあ。最後の最後までケンカね」

「自分で売っといてよく言うよ」

「丸聞こえだってば。ごめんね、比呂美さん。最後くらい仲良く美味しいコーヒーを飲もうって来たのよ。それはほんとうなんだからね」

比呂美は微笑《ほほえ》みを返した。八百屋の持ってきた段ボールからカリフラワーを取る。彼の方はバツが悪そうに、肩をすくめてそっぽを向いた。

「おれが気づいてないことって、それかよ」

「まさか。こんなふうに桜が咲いていた頃の話。だから……半年前ね。祥吾を騙してまんまとはめてやったんだ」

「は？」

「後輩にさそわれたからって、会社の帰り、サークルの花見に顔を出したことがあったでしょ。千鳥ケ淵《ちどりがふち》だっけ」

テーブルに頬杖を突き、彼女は唇のはじを吊り上げた。

「今年の春か。ああ。ほんとうにちょっとだけな。あの頃一番忙しくて、会社泊まりが続いていたから。あの日も前日が泊まりで、かえって早く帰れて、夕方に寄り道できた」

「私はあの日、午後休だったのよ。家でできる仕事をやってたら、祥吾は七時過ぎに帰ってきた。シャワーを浴びて、花見で何か食べてきたから夕飯はいらないと言って、ソファーで新聞を読み始めたの。でもすぐにうとうとし始めて」

仕方ないだろと、彼は素っ気なく言った。

「睡眠不足で、軽くひっかけた酒がやたら効いたんだ」

「そのとき、私に頼んだこと、覚えてる？」

「さあ。なんだっけ」

「テレビよ。『特捜刑事　木佐貫大介《きさぬきだいすけ》』、あれをぜったい見るから、九時になったら起こしてくれと、しつこいくらいに念を押したの」

得意げに顎をしゃくる彼女に、彼は戸惑ったのだろうか、何も言わずに眉をひそめた。

比呂美は手を止めた。小房《こふさ》に分けるべく、カリフラワーに包丁を入れていたのだが、テーブル席の会話に気持ちが引っぱられる。

「特捜刑事　木佐貫大介」は、毎回高視聴率を誇る人気シリーズで、テレビ局も力を入れている。三カ月、十話前後で終わるドラマがほとんどの中で、一月から六月まで通しで続いた。今は休んでいるが、年末のスペシャルドラマは確定している。映画化もあるそうだ。

「木佐貫ねえ。うん。家にいるなら、見終わってから寝ようと思ったんだな」

「うん」

「それで、晴香《はるか》は起こしてくれたんだろ？　ケンカした覚えがない」

「やあね、そういう覚え方なんだ」

ある意味、わかりやすいふたりだ。

「私はちゃんと起こしたわよ。祥吾は眠たい目をこすりながらソファーに座り直して、なんとか最後までドラマを見た。でもそれ、ほんとうのリアルタイムじゃなかったの」

「どういうこと？」

「一時間、ずれてたんだ」

彼女は人差し指を一本つきたて、両肩をきゅっと持ち上げた。

「九時ちょうどから始まり、九時五十四分に終わる番組よね。でも私が起こしたのは十時ちょっと前。ほら、ビデオの録画予約は毎週でセットされてるでしょ。何もしなくても録録《と》れていたのよ。テレビのチャンネルをビデオに合わせ、再生ボタンを押せば一発。祥吾はぜんぜん気づかず、十時ちょうどから録画を見たわけ」

たちまち彼は眉をしならせた。

「眠気がなければバレちゃったかもね。デッキがついていて、再生のランプもよく見れば光ってたんだから。でも祥吾はテレビ画面だけに集中してたし、見終わったあとは歯を磨いて、ベッドに倒れ込んでた。ぜんぜん気づかなかったのよ」

陽気に言う彼女に、比呂美は拍子抜けし、「なーんだ」と声を出しかけた。たわいもない話だ。同居人のちょっとしたイタズラ。微笑ましくて、むしろ仲の良さを惚気《のろけ》られた気さえする。ほんとうに別れてしまうカップルだろうか。

カリフラワーをすべて切り終わる。鍋に水を入れてコンロにかける。

「一時間」

けれど、聞き取れないような声で、彼はぽつんとつぶやいた。

窓辺に差す光がレースのカーテンを明るく膨らませ、壁際に置いたポトスやベンジャミンの葉がみずみずしく輝く。「エルム」は年季の入った古くからの店だ。床とカウンターとテーブルはいい木を使ったと、髭のマスターはことあるごとに主張するけれど、種類がばらばらのため色味が異なる。天井からぶらさがるランプは昭和の香りをふりまき、スポーツ新聞を押し込んだマガジンラックは変色して元の色がなんだかわからない。電話もレトロな代物だ。

その昔はドアにカウベルがさがり、壁に三角形のペナントが貼ってあったという。そのままだったらさすがに比呂美も働いていなかったかもしれない。お世辞にもおしゃれとは言い難く、カフェを自称するのも憚《はばか》られる。ただし、整然と設《しつら》えられた上質の空間でない分、おっとりとした穏和なたたずまいがこの店にはある。使い込まれたカウンターやテーブルからは新品にない温かみが伝わる。くつろぎの時間にふさわしい安らぎがあり、それが比呂美にはもっとも重要な要素だった。

昼間の時間帯をやってみないかと声をかけられ、引き受けてから、掃除には力を入れている。気取りのない店と雑然とした店はちがうはずだ。親しみの持てる店と、清潔感のある店はケンカしない。窓を磨き、ドアも磨き、観葉植物の色つやに気を配り、埃《ほこり》をかぶっていた飾り物は片づけた。カーテンを手作りで新調し、テーブルには一輪挿《ざ》しを置いている。

　ささやかな改革は、マスターをはじめ常連客には微笑ましい程度だったらしく、快く迎え入れてもらえた。昼間は昼間の居心地の良さをめざしている。

　その、丹精《たんせい》込めた一番のどかな時間帯に、重々しく考え込む男がいる。向かいに座った女性は対照的だ。テーブルのメニューをつまみあげ、ひらひら泳がせて言う。

「何か食べようかな。せっかくだもんね」

　彼の変化に気づき、警戒しているのだ。わざと明るい声で尋ねる。

「比呂美さん、シフォンケーキって、今日は何がある？」

「プレーンとチョコと紅茶です」

「わあ、迷うな。ってこれ、いつも言ってるよね」

「知らなかった。一時間、ずれていたのか」

「ちょっと祥吾ってば、深刻な顔しないでよ。大げさな。ドラマは見られたんだからいいじゃない。比呂美さん、チョコにする。生クリームもつけてね。祥吾も食べない？」

「先輩から頼まれていたんだ」

　なんの話だろう。白いケーキ皿を用意しながら、比呂美は聞き耳を立てた。

「あの日は、サークルの連中が場所を取って花見をやるからと、おれのところにも連絡があった。ちょっとだけでも顔を出してくださいと。足を向けたのは、さっきも言ったように、前日が泊まり込みで会社を早くあがれたからだ。午後イチの会議を無事終わらせたところで、夕方早くに会社を出た。桜はそのとき満開で、夜半には天気が崩れて雨に降られるかもしれない。そしたら散ってしまうだろうと、駅まで歩く道すがら、誰かが話しているのが聞こえた。それでなんとなく千鳥ケ淵に寄り道した」

「ゆるいテニスサークルの、ちっとも熱心じゃない部員だったんでしょ」

「うん。未だに声をかけてくるのは、証券会社に興味を持ってる後輩がいるからだろうな」

「就活でも転職でも人脈は大事だもんねえ」

「おれくらいじゃや、大した力になれないよ」

気負いのない淡々としたセリフを聞きながら、比呂美は昨夜焼いたケーキを皿に載せ、冷蔵庫からホイップクリームを取り出した。

大鍋に湯が沸き始めていたが一旦火を弱め、ケーキを仕上げる。

「それで？」

「行ってみたら顔なじみの先輩も来てて、久しぶりに話をしながら缶ビールを飲んだ。シートのはじに腰かけ、焼き鳥や海苔巻きなんかを適当につまんだよ。先輩は不動産会社で働いていて、それこそ顔を出したらオフィスに逆戻りだと笑った。今日のうちにめどを付けたい仕事があるんだと。おれも似たようなもんだ。ひと足先にあがったから、がんばってくださいなんて軽口を叩いた。そしたら先輩、頼み事をしたいと言い出して。あとから電話を入れてくれないかと」

「電話？」

「ああ。なんでもその日は一週間に一度、定時退勤が推奨《すいしょう》されている日で、八時前にはみんな帰ってしまう。オフィスはからっぽだ。自分は残ってやっていくつもりで、それはいいのだけれど、アルコールが入ったからひょっとして寝てしまうかもしれない。念のため、電話をかけてほしいと言うんだ。携帯にではなく、フロアの電話に」

比呂美はトレイを手に、カウンターからフロアに出た。きめの細かいシフォンケーキは会心《かいしん》の出来だが、残念ながら今日は気づかれそうにない。

「うとうとするかもしれないから、呼び出し音で起こしてくれってことね」

「そう。一番あてになるのはおまえだと言われた」

「さすが、わかってる。頼まれたって、他の人はころりと忘れちゃうよ。すぐかけるならともかく、時間を空けてでしょ。お酒が入ったら余計に無理。その点、祥吾はおかしなくらいに律儀《りちぎ》だから」

「ひと言多いな」

「で、かけてあげたの？」

「それだよ」

コーヒーカップを持ち上げた彼が、空っぽなのに気づきテーブルに置く。

「十時にかけてくれと言われ、九時からのドラマが終わってから電話した。約束は守ったつもりだった。今、晴香の話を聞くまでは。一時間ずれていたんだな？」

「ほんとだ」

「おい」

気色《けしき》ばんだ彼だが、ケーキを置いて戻ろうとした比呂美を呼び止めるのはふつうの声だ。ブレンドのおかわりを頼まれた。

「ごめん。そんなことになってるなんてちっとも知らなかったのよ。先輩、機嫌悪くしてた？」

「いや、結局電話はつながらなかったんだ。言われた番号にかけて、呼び出し音はしたけれど誰も出なかった」

「すっかり寝込んじゃったのかな。十時じゃなく、十一時だったから」

「まさか晴香じゃあるまいし、そこまで寝るかよ。おれはぴったりにかけたつもりだった。だから気にも留めなかった。仕事が早く終わって、帰ったんだろうと思った」

彼女はシフォンケーキにフォークを突き刺し、それだよと破顔する。

「居眠りしないで、黙々と仕事を続け、ちゃんとクリアしたのよ。問題なしじゃない」

彼はうなずかず、じっとテーブルの一点をみつめる。唇を噛む。

比呂美は大鍋にカリフラワーを投じた後、コーヒーの準備をしながら小さな声で尋ねた。

「その後、先輩と話をされましたか？」

律儀で生真面目な彼は、酔っぱらってうたた寝しても約束を忘れなかった。言われた時間にきっちり電話をかけた。相手が出なかったことについて、それきりにはしないだろう。

「翌日にね」

思い返すようにして、ゆっくり話す。

「会社ではなく、先輩の携帯に連絡してみた。考えてみたら、たまたま席を外していたのかもしれない。コーヒーを買いに行くとか、トイレとか、あるもんな。おれは一度しか電話しなかった。そんなことを思ってまずは下手《したで》に出てみた。昨日の件ですけど、すみませんって。そのあと、ちゃんとかけましたよと続けようとしたら、ありがとうと言われた。いきなりで驚いたよ」

「ありがとう、ですか」

「うん。ありがとう、あれでよかったんだ、みたいな」

「他には?」

彼の顔がわずかに歪《ゆが》む。眼鏡フレームを片手で持ち上げる。

「桜のことを言ってた。電話を待ちながら大きな桜を見上げていたら、白い物が落ちてきて、花びらとばかり思ったら雪だった。すごくきれいで、もういいかと思った……」

横から彼女が口を挟《はさ》んだ。

「何それ」

カリフラワーの茹で加減がちょうどいい。火を止め、ざるにあげた。白い湯気が立ち上る。

「おれにもさっぱりだ。でもそのひと言、『もういいかと思った』が、やけに胸にしみた。なんていうかその、汗だくになって町中を駆けずり回り、息が上がって足がもつれているときに、ふと空を見上げた感じ。もういいか。そうつぶやくと、肩に載っかっていたものが消える。呼吸がらくになる。細いつっかい棒が、ぽきんと折れたのかもしれない。それでいい。開き直る思いもある。きっと疲れていたんだ。おれも先輩も。無理して、いろんな仕事を抱えすぎていた」

彼はテーブルの上でゆっくり両手の指を合わせ、ぎゅっと絡ませた。

「自分の中でわけのわからない思いが渦巻いて、あのときは言葉の意味を尋ねもせずに、適当な相槌《あいづち》で電話を切ってしまった」

流しの湯気が消えるのを待ち、比呂美は挽き立てのコーヒー豆をフィルターにセットした。湯を注ぐ。茶色い豆が艶やかにふくらみ丸い土手を作る。きめの細かい白い泡が現れる。眠っていたものが目覚め、ゆっくり動き出すような、この一瞬が好きだ。

「ねえ祥吾、つまり『もういい』って、先輩は思い、仕事はまだ途中だけど帰ってしまったということ？」

「うん。そうなんだろうな」

「ありがとうと言ってくれてるなら、祥吾に悪い感情は持ってないよね」

「それは、たぶん」

一杯分のコーヒーを淹れ、温めたカップに注ぐ。香りと共に比呂美はフロアに出て、シフォンケーキの向かいに置いた。彼は組んでいた指を解き、カップを持ち上げ口を付ける。味わうのを待ってから比呂美は言った。

「先輩がその日残業をしていたオフィスは、どちらなのでしょう」

「半蔵門《はんぞうもん》の近くだよ」

「だったら、ちょっと不思議です」

「何が？」

「雪です」

カップを手にしたまま、彼は首を傾げた。

「どういうこと？」

「実は私も『特捜刑事　木佐貫大介』の大ファンです。毎週欠かさず見てます。半年前、祥吾さんが一時間ずらされて見た回がどういう内容だったのかも、わかるんですよ。祥吾さん、覚えてます？」

「まさか。無理だよ。そんなの」

「四月第一週の水曜日に放映された話、しっかり覚えています。なぜなら、このあたりの桜の咲き具合と、ドラマの中のそれがぴったり合っていたから。満開の桜が重要なキーになる事件が起きるんです。そう言われて思い出しません？」

彼女の方はともかく、彼はカップをソーサーに戻し、視線を斜め上に向けた。天井からぶらさがる照明にはなんのヒントも隠されていないが、みつめているのはもっとちがうものだろう。

「桜がキー。もしかしてあれか。おばあさんと孫娘の話」

「それです。作中、老婆が桜にまつわる想い出を語り、木佐貫が後半、事件を解く重要な手がかりに気づきます」

「思い出した。郵便配達員が完全なミスリードで、最後のどんでん返しに膝を打ったよ。まさかあの人が犯人だったなんて。種明かしをされてみれば、ちょっとした会話や小間物にも伏線《ふくせん》が張ってある。ちゃんと回収されていて気持ちよかった」

「あとで行われたファン投票でも、上位に入ってましたよ」

比呂美が笑いかけると、祥吾は降参するように肩をすくめ、向かいの席から晴香が茶々を入れた。

「隅に置けないなあ。そんなにマニアだったなんて」

「もうひとつ、覚えていた理由があるんですよ。私の勤務時間は日中で、夜シフトの人が急に休んだときだけ、ピンチヒッターで手伝いに入ります。あの日もまさにそれでした。カウンターでマスターの手伝いをしていたら、十時過ぎに現れたお客さんが、電車の中で『木佐貫』を見てたんです。ワンセグですよ。入ってくるなり、ドラマに出てきた桜と駅前の桜がどちらも満開で、話の中にいるみたいだったと興奮気味に言いました。私はあわてて、まだ見てない、これから見る、絶対にネタバレしないでくださいと騒ぎました」

「その場面、見たかった。比呂美さんがてんぱるとかわいいのよ。本人、気づいてないだろうけど」

「中学生にまちがえられて、あたふたしていたこともあったな」

「背が低いだけで、子ども扱いされるんですよ」

「いいじゃない。若く見られるなら」

「若すぎです」

身長、百五十センチ足らずの悲哀《ひあい》だ。昼間のカウンターを任されるにあたり、台がいるのではとさんざんマスターに言われた。狭いのでかえってじゃまと断った。厚底の靴でカバーしているが、さっきのように思わぬところで転《こ》けそうになる。

「それでですね、ネタバレは困るんですけど、もうひとつ、お客さんが身振り手振りで教えてくれたのが雪でした。その少し前、私がビールを取りに行ったときは降ってませんでした。ビールケースは裏口にあるので、一瞬、外に出るんですよ。でもお客さんが駅に着いたときにはちらついていたそうで、言われて窓のカーテンを持ち上げたら、ほんとうにまっ白な雪がふわふわと舞ってました」

「覚えてる。というか、思い出した。そうそう降ってた。祥吾には言いにくいから黙ってたけど、私あのとき、真希《まき》ちゃんに電話してたのよ。まあそれで、九時に起こし損ねたのよね。しゃべりながらなんとなく外を見たら、雪が降ってて、わーっと思った。時計を見たら十時ちょっと前で、あわてて切ったのよ」

「長電話だな、相変わらず」

「やあね。過去の話よ。あれ？　ちがう。先輩の話をしてたのよね」

晴香が手を伸ばし、比呂美のエプロンの裾を摑んだ。子どものように揺さぶる。

「そうです。先輩の話です。先輩は、『大きな桜を見上げていたら、白い物が落ちてきて、花びらとばかり思ったら雪だった』と言ったんですよね。これが私には腑に落ちないんです」

「なんで？　じっさい降ってたでしょ」

「先輩が祥吾さんに電話を頼んだのは会社のオフィス宛。その電話を待っていたなら、先輩は会社にいたはずですよね。でも、その夜、都内では雪が降ってないんですよ」

不思議なものでも見るように、目を丸くする晴香と祥吾を、比呂美は見返した。

「どういうこと？」

「ネタバレ気味のお客さんが現れたあと、三十分くらいしてから、別のお客さんが入ってきました。都内では小雨だったのに、越谷では雪だと言いながら。先のネタバレさんはそれを聞き、降っているのはどこだろうと、携帯からネットに繫げました。リアルタイムの天候を書き込んでくれるよう、呼びかけたみたいです」

「そしたら都内では降ってない？」

「ええ。短い時間、小雨がぱらついただけ。あの夜、少なくともエルムは雪のせいなのか、にぎやかでした。ご年配の常連さんが雪と桜の写真を撮ったと、閉店間際に飛びこんできたり。私はその日、十一時にはあがったのですが、残念ながらもうやんでました。道端に置かれたビニール袋や植木鉢などにうっすら白い物が見えたくらい。自宅でニュース番組をつけていたら、埼玉県のごく一部で雪が降ったと聞こえ、テレビの前まで走ったのを覚えています。満開の桜に降り注ぐ雪は珍しかったのか、映像も流れたんですよ」

比呂美の話が途切れたところで、沈黙が落ちる。ぼんやり聞こえるのは店の前を行き交う人々の話し声や足音。自転車のベル。ＢＧＭはどこに行ってしまったのだろう。祥吾は冷めつつあるであろうコーヒーをすすり、晴香は一切れだけ残ったケーキにフォークを入れるも、口元には運ばない。

「すみません、私、よけいなことばかり言って……」

トレイを胸に押し当て比呂美は一歩下がった。晴香は何か言いかけたが、それより早く祥吾が首を横に振った。

「いや、いいよ。この話、もう少し続けてもかまわない？」

「はい。でも」

「先輩はあの夜、正確に言えば午後十時、電話をかけるようおれに指示した時間に、いったいどこにいたんだろう。比呂美さんも今、同じ疑問を持ったんだよね」

「ええ」

疑問はもうひとつ頭をもたげる。なぜ祥吾は打ち切らないのだろう。不穏なものは感じ取ったはずだ。楽しいとは言えない事柄がいかにも飛び出してきそう。なのに先輩の行動を詮索しようとしている。

「『大きな桜を見上げていたら』、という言葉に、半年前も引っかかった。窓辺から桜が見えるのは都会のオフィスでもあるだろう。でも見上げてとなると珍しい気がした。ただこれも、低層階を思い浮かべれば説明がつくけれど」

「雪は……」

「うん。ほんとうに都心で降ってないなら、先輩はどこにいたんだろう」

晴香が割って入る。

「一足早く帰ったんでしょ。埼玉県で降ってたなら、埼玉県にいたのかもよ。それでいいじゃない。悩まなくていいわ」

「でも先輩は、祥吾さんが十時ちょうどに電話しなかったのを、知っていたのではないですか。もしも十時より前にオフィスから離れていたら、電話があっても出られなかったことになります。その場合、かけたかどうかを祥吾さんに尋ね、出なくて悪かったなという言い方になりません？」

「ああ、そうか。じっさいは祥吾、約束の十時にかけてないのね」

「そうです。かけなかった電話、かからなかった電話、というので先輩との会話が噛み合っているんです」

それが奇妙なのだ。

電話を待ちながら大きな桜を見上げていたら、白い物が落ちてきて、花びらとばかり思ったら雪だった。


どこで電話を待っていた？　花びらのような雪が降る場所だ。

六カ月前の、四月第一週の水曜日。都内ではありえない。

けれど頼んだ電話がオフィスにかかってきたかどうかを、知ることはできた。

「もしかして、人目を忍びたいような、秘密の用事があったんじゃないの？　こっそり会いたい人がいたのよ。でもって万が一、疑われたときのために、オフィスにいたというア

ていたのよ。計画されてたことなのよ」

「アリバイ？」

「たとえば、かかってきた電話を転送して、別の場所で受けるの。そうすれば疑われたとき祥吾が証言してくれるでしょ。十時にオフィスに電話したら、先輩がいましたって。けれどほんとうはちがうところで、誰にも言えない相手と密会してた。最初から、計画されてたことなのよ」

「転送か」

祥吾は慎重な面持ちながらもうなずき、比呂美は首を傾けた。

「そう簡単にできます？」

「できるできる」

晴香が身を乗り出す。

「固定電話を携帯に転送するサービス、ちゃんとあるもの」

「会社の電話でも大丈夫ですか？　利用したら、履歴みたいなものが残りませんか？」

「あ」

自宅の電話ではないのだ。簡単に、あるいは気軽に、設定変更はできないだろうし、サービス内容をチェックする部署もあるだろう。

「私は詳しくないんですけど、何かしらの仕掛けで転送させることが可能だとしても、今度はその仕掛けを外さなくてはならないでしょう？　会社の人に気づかれる前に。けっこう危ない橋かもしれません」

仕掛けだけに頼ってオフィスから離れた場合、予想外のアクシデントに弱い。忘れ物を取りに来る人や、仕事が気になって確認に現れる人が、いないとは限らない。先輩が残っているということは、夜間、まったく閉鎖されるオフィスではないのだ。警備員の巡回についても、突発事項は起こりうる。

「人妻との密会、無理かなあ。アリバイ工作に電話を使うのはいいと思うんだけど」

「協力者がいればねえ」

ぼやくような晴香の声につられ、比呂美もつい、残念がる言い方をしてしまった。

「協力者がいるとどうなるの？」

「一番シンプルな手が使えます。協力者がオフィスにいて、祥吾さんからの電話を待ちます。かかってきたら自分の携帯を使い、祥吾さんの声を先輩の携帯に送る。先輩の声を祥吾さんに聞かせる」

協力者の携帯がふたりの間に入り、中継の役目を果たすのだ。

「聞き取りづらさはあると思いますが、会話は成立します。この方法のいいとこは、臨機応変に動ける点。十時前後のオフィスの状況や電話のタイミングに、合わせることができます」

「それよ。いいじゃない。祥吾は言われた時間に電話し、オフィスにいると信じて先輩と話す。後日聞かれたらそう答える。アリバイ成立だわ」

晴香は上機嫌で親指を突き立てた。

「問題は……」

「あるのね、やっぱり」

「はい。付き合ってくれる協力者がいるかどうかです。夜のオフィスにひとりで詰め、ちまちました作業をこなすんです。秘密は絶対に厳守。先輩にとっては弱味を握られるも同然なので、よっぽど信用できる人にしか頼めないでしょうね」

「まあ、そうか」

いくら大ざっぱな晴香でも「ひとりくらいは」と強気で言えない。ささいな用事ではないのだ。楽しいイタズラでもない。サークルの後輩であり、電話を頼むぐらいには親しい友人を、騙す計画でもある。気軽に引き受ける人はいないだろう。

やむを得ない事情があったとして、その事情を共有している人なら、ありえるかもしれないが。

比呂美が考えを巡らしたところで、晴香が「祥吾」と呼びかけた。

「さっきから黙ったきり。何か言ってよ」

「うん」

「どうせまた、つまらないことをいい加減にしゃべりまくっていると思ってるんでしょ」

「ちがうよ」

「だったらひとつ教えて。先輩って、こっそり人妻と付き合うタイプ？　人妻の旦那さんにばれて、抜き差しならない状況に陥りそうな人？　相手が人妻でなくてもいいわ。アイドルでも歌手でも」

祥吾は目を閉じ、これみよがしのため息をついた。

「そんなの知らないよ。前に、専務のお嬢さんと会う機会があって、付き合い始めたとは聞いた。セレブのデートは大変なんだって。苦労話を面白おかしくしゃべっていたよ。上昇志向の強い人だから、ほんとうに苦労してるんじゃなく、いかにも楽しそうだった」

比呂美はカウンターに戻り、銀の水差しを持って再びフロアに出た。それぞれのコップに冷たい水を注ぐ。ふたりは手を伸ばし、口に含むなりほっとした表情になった。いつの間にか熱がこもっていた。店の中にも、きっとひとりひとりの胸の内にも。

閉めていた窓を少し開け、比呂美もカウンターの隅で喉を潤した。吹き抜ける風を感じる。そして背筋を伸ばし、見慣れたシュガーポットや紙ナプキン、手書きのメニューボード、一輪挿しを眺めてから、自分なりにさっきよぎった疑問をたぐり寄せた。

「祥吾さん、私もひとつ、聞いてもいいですか。先輩は今、どこで何をされてます？」

「今？」

「半年前と同じオフィスで働いてらっしゃいますか？」

「なんで急に」

「専務のお嬢さんの話をするとき、遠い昔のことを語るみたいでした。『しゃべっていたよ』『楽しそうだった』って。そのあと、『今は知らないけど』というのがつけば、気にならなかったんですけど。電話の話を続けようとするのも、祥吾さん自身、あの夜に何があったのか、ほんとうのことを知りたくなったんじゃないですか」

テーブルの上には晴香の携帯が置きっぱなしだ。桜の写真を見せたところからこの話は始まった。ふたりには見えないだろうが、カウンターの内側にも写真が飾ってある。常連のお客さんからもらったものだ。店内で貼っていいのはコルクボードの上だけ。そう決めたのは比呂美自身だ。メモ用紙や葉書なども貼られるので、すぐに埋もれてしまう。あとから気に入ったものだけ透明ケースにはさみ、自分用に並べていた。桜の写真もある。

「ほんとうのことか。今からでも何か、わかるかな」

誰かに答えを求めるような口調ではなかった。

「半年前、花見のあとも結局また忙しくなり、長期出張が続いてバタバタしていた。余裕がなくて、そういえばプライベートでもぴりぴりしてた。晴香に怒られても仕方なかったな」

「やだ、急に名前を出さないでよ」

「ああ、ごめん。サークルの連中とは、もともと密《みつ》に連絡を取り合ってたわけじゃないんだ。だから夏前になって、やっと後輩のひとりから聞いた。先輩が会社を辞めたって」

祥吾は言葉を切って唇を噛んだ。低いサックスの音が霧笛《むてき》のように響く。追いかけてくるピアノの調べがやけに儚げだ。

「すぐ頭に浮かんだのは独立だ。ずいぶん急だなとは思った。ひと言くらい言ってくれればいいのにと不満も持った。でもそのあと耳に入った話に愕然《がくぜん》としたよ。信じられなかった。事の起こりは人身事故だそうだ。先輩の運転していた車が自転車と接触し、相手の命に別状はなかったものの示談でもめ、質《たち》の悪いところから金を借りてしまった。返済はかなり厳しかったらしい。でも表向きはそれまで通りの、ふつうのサラリーマンの水準からすればリッチな暮らしを続けた。次第に首が回らなくなり、とうとう会社の金に手を付けた」

晴香は目を見開いて固まり、比呂美は息をのんだ。

「不正が明るみに出て、解雇されたんだ。幸い、隠していたのがバレたのではなく、本人が告白し、深く反省していることと、実家がある程度肩代わりしたことで、大ごとになるのは免《まぬが》れた」

「だったら捕まって、今は刑務所ってわけじゃないのね」

「うん。示談が成立したらしい。でも辞めた後どうしているかは誰も知らない。連絡が取れないそうだ。おれも携帯にかけてみたけど、現在使われてないっていう音声サービスが流れておしまい。解約したんだろうな」

祥吾が言葉を交わしたのは、半年前、例の花見の翌日が、今のところ最後だという。

電話を待ちながら大きな桜を見上げていたら、白い物が落ちてきて、花びらとばかり思ったら雪だった。

この言葉が意味するものはなんだろう。先輩は今、どこにいるのだろう。比呂美はカウンターに入り、内側に飾ってある写真のいくつかを眺めた。

「実家には帰ってないのね」

晴香が祥吾に問いかける。

「それだけは絶対にないな。おれの口から言うのもなんだけど、アットホームな雰囲気にはほど遠い家だった。息子の不祥事に金は出しても、親の顔に泥を塗った、一家の恥さらしみたいに言われるのが落ちだ。縁を切られたかもしれない。先輩もよくわかっていたから、失敗は許されなかったんだ。人身事故を隠して、金に困っているのも隠して、セレブな恋人の前で見栄を張り、にっちもさっちもいかなくなって会社の金に手を付けた。でもそれ、開き直っての犯罪行為というより、急場しのぎの苦肉の策だったと思うんだ。もうちょっとやり過ごせばなんとかなる。あと少し頑張れば再起の道は拓《ひら》ける。そんなふうに、悪あがきをしてしまったんだろう」

すでに生活は破綻しているのに、現実を受け容れることができずに、必死に取り繕おうとした。もがけばもがくほど沈み込む泥沼だと、そこにいる人は気づけないものかもしれない。

「祥吾はずいぶん先輩のことを知っているのね」

「そりゃ、高校からの付き合いだから」

「高校？」

「大学も同じところで、誘われて、同じテニスサークルに入った」

「ちょっと待って。私、肝心なことを聞いてなかった。その先輩って、いったい誰なの？　誰のことを言ってるの？」

さっきからずっとうつむきがちだった祥吾が顔を上げた。

「なんだよ、今さら。晴香も知ってるだろ、谷本《たにもと》さんだよ。去年の春先、河原のバーベキューで会ってるはずだ。紹介したぞ」

晴香は「え？」と声を出し、目を泳がせる。

「もしかして、祥吾より背が高くて、天然パーマのもこもこした髪の毛で、左右をぐっと刈り上げてるもんだから、ちょっとしたパイナップルみたいに見える人？」

「あんときも言ってたな。本人の前じゃなくてよかったけど」

「覚えているよ。背の高いパイナップル。顔も濃かったでしょ。気さくで話題が豊富で、みんなを笑わせ、食べっぷりもよかった。リーダー格だったよね」

「うん。面倒見がいいから、何かと頼りにされてた。でも、根っからの親分肌で豪快、というわけでもないよ。いろいろ気を遣う人だった。見かけよりナイーブというか」

みるみるうちに晴香の背中が丸まり、頭を抱え込む。細い指先が気ままに跳ねる茶髪を押さえ、その下で低い唸《うな》り声がする。

「なんだよ、いきなり」

祥吾が小突くように言っても返事がない。

「晴香さん、どうかしました？」

「うーむ。むむむ」

「おい。言わなきゃわからないだろ」

「だって。うーん」

「もしかして、先輩が谷本さんという方だと、何か、思い当たるようなことが晴香さんにあるんじゃないですか」

頭が縦に振られる。祥吾が気色ばんだ。

「おまえ、谷本さんとどこかで会ったりしたのか？　何か言われたり、されたりしたか？」

「ちがうよ。そんなんじゃないの。二、三週間前にね、浦和《うらわ》にある印刷会社に行ったの。その帰り道、谷本さんみたいな人を見かけた」

「え？」

「あまりにも雰囲気が変わっていたから、人違いだと思ったのよ。私の知ってる谷本さんは、バーベキューといえども、名前のあるブランドものでジャケットから靴まで決めてた。気さくだけど相当な自信家だよね。勝ち組のオーラを出し、ちょっと傲慢《ごうまん》っぽくもあった。

でも浦和で見かけたのは、ぜんぜんちがうの。灰色の作業服みたいな上下を着て、首にタオルを引っかけ、靴は泥だらけ。髪はぼさぼさ。無精髭《ぶしょうひげ》を生やし、顔も体もひとまわり痩せてた」

祥吾は「そうか」とつぶやいた。身を乗り出していたが、その体を強く引き、椅子の背もたれに上半身を預ける。深呼吸を一回。目を閉じ、自分を納得させるように、何度もうなずいた。

話の流れからすれば、会社を解雇され、それまでの生活のすべてをたたんだのだろう。そしておそらくは借金を返済すべく、額に汗して働いている。

「でね、そのとき、谷本さんっぽい人は、ひとりじゃなかったの」

「誰かいたのか？」

「うん。女の人。化粧っ気のない、真面目そうな若い女の子よ。日本人じゃないと思う。顔立ちはアジアだけど、話している声が聞こえたら片言の日本語だった。はにかむような笑顔がかわいかったな。でもってその子、お腹が大きかった」

子ども？

「ぱっと見ただけでわかるくらいだった。谷本さんっぽい人は、彼女にとってもやさしかった。ふくらんだお腹を嬉しそうに眺めたりして。そういうところも別人っぽかったの」

カーテンが歌うように揺れ、秋の風が店に入る。窓の向こうは雑多な人々が行き交う町角だ。そこに、ふたり連れが見えるような気がした。背の高い、ぼさぼさ髪の男と、寄り添って歩く年下の女の子。

大きなお腹と、ふたりの笑顔は、幸せな光景に思えるのだけれど。ちがうだろうか。

「先輩だったらいいな、それ」

「たぶんそうだよ。つい、じろじろ見ちゃったから、向こうも私に気づいたの。そしたら驚いた顔してた。ほんの一瞬だったけど。『あっ』っていう感じ。もしかしたら会釈くらいしてくれたかも」

「だったら先輩じゃないか。確定してしゃべれよ」

「ちがいすぎたんだもん。いくら似てても、相手が驚いたり会釈してくれても、私にとっての谷本さんはバーベキューのときがすべてなの。今初めていろんな話を聞いて、やっとあれとこれがつながった」

比呂美も言わずにいられなかった。

「すぐに気づくくらいにお腹が大きいというのは、八カ月を過ぎていますよね。だとしたら、半年前には付き合っていたんじゃないですか？」

「そうね。でも、専務のお嬢さんというのは？　もしかして二股だったのかな。かわいらしいアジアンな女の子がいても、妻にするのはセレブな女性と、勝ち組を目指す先輩が思ったとしてもおかしくないわ。私の受けた、前の印象からすると」

半年前、すでに先輩は会社の金に手を付け、追い詰められていた。

仮にふたりの女性と付き合っていたとして、専務の娘には言えなかっただろう。一番隠し通したい相手だったかもしれない。けれどもうひとりの女性は？

窮状《きゅうじょう》を訴え懇願すれば、彼を救うために、危険と知りつつ崖っぷちまで下りてきたのかもしれない。

「もしも」

祥吾が口を開いた。

「もしも、四月の第一週の水曜日、言われたとおりの時間におれが電話していたら、どうなってたんだろう。先輩は電話に出たのか？　オフィスにいないのに、いるふりをしておれと話したのか。そして、ほんとうはどこにいた？　なんのために、おれの電話をほしがった？」

一時間ずれてなければ、谷本という男の人生がどうなっていたのか。それは窮地を脱しての、サクセスロードへの復帰ではない。真逆のものにちがいない。

比呂美はカウンターの内側に並べてある一枚の写真をみつめた。満開の、大きな桜が写っている。

「翌日、祥吾さんは言われたんですよね。『ありがとう、あれでよかったんだ』って。浦和で晴香さんに会釈したのも、ほんとうに先輩がそう思っているからじゃないですか。約束の時間ぴったりに、電話をかけなくてよかったんですよ」

ややあって、穏やかな同意が返ってきた。

「そうだな。花見酒で酔っぱらったおれは、どうせ雪も知らずに眠りこけてたんだ」

「私は気づいたけど……。祥吾の寝顔を見たら、謝るよりも先に腹が立ったの。だって、私とのお花見は無視したくせに、千鳥ケ淵には行ったんだもん。だから『もうすぐ十時よ』ではなく、『もうすぐ九時よ』って起こしたの」

祥吾は頬をほころばせた。浮かんだのは苦笑いだろう。でも今日見た中で、まちがいなく一番優しい笑みだ。

「雪と桜のせいにしておこう」

「あー今、いいこと言ったと思ったでしょ。でもまあ、そんなとこね」

「さっきの一本桜の写真、おれの携帯に送ってくれよ」

「うん」

「晴香が引っ越しを決めた理由、もっと前に聞いておけばよかったよ」

言いながら彼の笑みは薄れ、儚《はかな》く散ってしまう。盛りを過ぎた桜のように。

「谷本さんはいろんなものをなくしたみたいだけど、でもあの夜、ほんとうにだいじなものを手に入れたのかもね」

私たちの指先からはすり抜けてしまったもの。そんなふうに比呂美には聞こえた。

ドアが開き、新しいお客さんが入ってくる。外回りらしき営業マンのふたり連れだ。昼間の相棒であるパートさんも出勤してくる。

それを潮《しお》に晴香たちは伝票を手に立ち上がった。それぞれが差し出す千円札を受け取り、おつりの小銭を用意すると、祥吾が目配せしたので晴香に渡す。

「ありがとうございました」

ふたりに向けて言った。

「また来てください。お元気で」

彼も彼女もうなずいて、ひとりは軽く頭を下げ、ひとりは比呂美の手を握った。そしてドアを押し開くとき、ふたりとも振り返り、さっきまで自分たちが座っていた席に目をやった。

いつもの店内に、ほんのわずかな感傷だけが残った。

夕方、顔なじみの常連客が現れた。薄くなった頭髪をきれいに撫でつけた石坂《いしざか》だ。十月の初めとあって、埼玉ではまだ汗ばむ日もあるが、写真仲間と出かけた水上《みなかみ》温泉で一足早い紅葉を見られたという。

レアチーズケーキとブレンドを注文し、さっそく旅の成果をカウンターに並べ始める。プリントアウトされたばかりの色鮮やかな写真だ。比呂美にプレゼントする一枚を選ぶのも旅の楽しみといわれ、毎回、喜んでいただいている。コスモスもきれいだったよ。これは藤原《ふじわら》湖。谷川《たにがわ》岳は少し雲に隠れたな。あと半月もしたら紅葉もピークだ。ススキもほら、金色に撮れてるでしょ。

ケーキとコーヒーに笑顔も添えて、写真の邪魔にならない場所に置く。テーブル席にはふた組のお客さんがいたが、ひと組は女性ふたりでおしゃべりに夢中だ。もうひと組は年配の夫婦と男性ひとりで、図面らしきものを広げて熱心に話し込んでいる。家のリフォームの相談だろうか。

「石坂さん」

カウンターに身を寄せて、比呂美は精一杯、つま先立ちした。

「私、うかがってみたいことがあって。少しだけ、いいですか」

「ん？」

「この写真です。覚えています？」

比呂美が差し出したのは、満開の花で覆われた大木をおさめた一枚だ。バックの大半は青い空だが、下の方に町並みが写り込んでいる。遠景としてぼやかしてあるので春の明るさやのどかさが表現され、主役の桜がいっそう引き立つ。

「相田町の一本桜だね。傾斜のついた住宅街のはずれにあるから、アングル次第でいろいろ撮りようがあるんだ。これ、去年のだろ」

「さすがです。おわかりになるんですね」

「今年は、これに粉雪が降りかかるところが撮りたかったよ」

「行くことは行ったんですよね、あの夜」

石坂は写真をみつめたまま、口を尖らせた。

「行ったさ。家のもんには内緒で、こっそり自転車こいで。そしたらへんな男がいて、撮りそこねた。知ってる？　この桜は空き地に立っているんだけど、土地の持ち主は隣家のじいさんなんだ。そうとうな変わり者という噂だ。ひとりで住んでいるんだが、もう一軒分の土地を売った金を、銀行に預けず家に隠し持っているらしい。デマかもしれないが、これまでに何度も泥棒が入っているんだって。ぼくの知り合いが近所に住んでて困っていたよ。不用心もいいとこだって」

「身内はいらっしゃらないんですか」

「いるらしいが付き合いはないと本人が言ってる。たまに金の無心《むしん》に来るのがいて、追っぱらっているそうだよ。あの夜も妙な男を見て、泥棒だろうか、それとも親戚だろうかと訝《いぶか》しんだ。花を撮る気が失せ、しゃくだから盗み撮りしてやった。ああ、離れるときには知り合いに声をかけといたよ。おかしな男がいたから、見回りしてくれと」

「写真、撮られたんですか」

石坂は人差し指を立て、「待ちなさいよ」と振って見せた。足元に置いた鞄からカメラを取り出す。

「この中にまだあるはずだ。えーっと、四月の初めだったね。ふんふん。もうちょい前だな。ああ、このあたり。これか」

カウンターから出て、比呂美は石坂のとなりに並んだ。ディスプレイをのぞきこむ。石塀の角のような場所に、黒っぽいコートを着た男が立っていた。ズームボタンを押して、拡大させてもらう。コートの襟を立て、サングラスをかけている。暗闇の中での撮影なので鮮明ではないが、側頭部を刈り上げた特徴のある髪型と、パーマをあてたようにうねっている髪の毛がよくわかる。

本人が気づかぬうちに、密かに撮られていたのだ。

相田町の一本桜は先輩の親戚の家と、祥吾は言った。そして石坂は、土地の持ち主の話として、身内はいるが金の無心に来るのがいて追っぱらっていると言った。ふたつの話はつながるだろうか。もしも指定された時間に祥吾が電話して、会話が成立していたら、オフィスにいたという証拠が作れたと、谷本は思っただろうか。そしてアリバイを作ってまで、何をするつもりだったのか。

「そいつがどうかした？　あとあと聞いてみたところでは、何も物騒なことはなかったらしいよ。通りすがりの人が、夜桜を眺めていただけかと思ったんだけど」

「ええ。きっとそうですね。知ってる人かと思ったんです。でもちがいました」

アングル上、画面の中に桜は写っていない。白く見えるのは雪だ。長く尾を引いて見えるものがある。

「まるで、蜘蛛《くも》の糸みたい」

画面の男はこの夜、奈落《ならく》への最後の一歩を踏み出すことなく、天から伸びてくる細い一本の糸を、自分の意志で選び取ったのだ。そしてけっして離さなかった。

比呂美は石坂に礼を言うとカウンターの内側に戻った。

相田町の一本桜は紅葉の季節を迎え、木枯《こが》らしが吹く頃、一枚残らず葉を落とす。来春また、蕾《つぼみ》を付けて花を咲かせる。まるで約束を守るかのように。

晴香と祥吾は、谷本とその相手は、いつか、この桜を見に来るだろうか。

自分はその頃、薄いピンク色のシフォンケーキを焼き、雪のように白いクリームを添えよう。

固く絞った台拭きでシンクを磨いていると、ドアが開き、髭のマスターが現れた。

「やあやあ、おはよう。夕方だけど、仕事始まりだからおはよう。いつも言ってるね、これ。比呂美ちゃん、おはよう」

「おはようございます」

両手に抱えている荷物は何だろう。比呂美は笑顔と共に、荷物の正体を知りたくて、精一杯つま先立ちした。

おとなりの

そうか、もう誰もいないのか。

自宅の門扉《もんぴ》を閉め、乾いたアスファルト道路を歩き出してすぐ、小島邦夫《こじまくにお》は表札のなくなったとなりの家に目をやった。白い外壁の二階建て。手入れの行き届いた庭木は青々と茂り、二階の窓辺をやわらかく縁取っている。天気のいい日は開け放たれ、レースのカーテンがそよぐのが見えたが、今日は固く閉ざされている。

あたりまえか。

玄関まわりの小さな花壇には白やピンクの花が咲き乱れているものの、フックで吊るされた植木鉢の類は外されている。駐車スペースもからっぽだ。家の中もさぞかしがらんどうだろう。隣家である須田《すだ》家は一昨日《おととい》の金曜日、引っ越していった。

いつの間にかぽかんと開けていた口を結び、邦夫はゆるやかな坂道を降りていく。白い犬を連れた人とすれ違った。ベビーカーを押した若い女性や、塾のリュックを背負った小学生が四つ角《かど》を横断していく。ピザを配達するバイクが勢いよく上がってきた。

邦夫一家が桂ヶ丘《かつらがおか》分譲地に越してきたのは二十年前になる。邦夫が三十五のときだった。鉄道駅からバスで十三分という立地に不便は感じたが、電車に乗れば勤務先まで四駅。都内に通っているわけではない。妻の希望もあり、いくつかの分譲地を見て歩いたのちに、ぎりぎり上限の予算で桂ヶ丘に決めた。息子は七歳、娘は四歳だった。

あの頃の右隣は、浜本《はまもと》さんと言ったっけ。

邦夫は街路樹の作る木陰をたどりながら思い起こした。新築のマイホームだったのに、五、六年経ってから、関西方面への転勤が決まったとのことで引っ越していった。そのあと入ってきたのが須田さんだ。

主《あるじ》は邦夫より五歳年下で、地元の信用金庫に勤めていた。奥さんはさらに年下で、当時は三十代前半だっただろうか。男の子がひとりいた。旦那の方はときおりゴルフバッグを載せて車で出かけるくらいにはアクティブだったが、奥さんはめったに出歩かず、日がな一日家の中で過ごすおとなしい人だった。

何が楽しいのか、ぜんぜんわからない。邦夫の妻である泰加子《たかこ》は、じれったそうによく言った。習い事もパートも、主婦友だちとの食べ歩きもせず、ほとんど家に閉じこもっていたらしい。泰加子自身はママさんコーラスに精を出し、駅前にできた幼児教室でパートとして働き始め、学校関係でも何度となく役員を引き受けていた。自分の方が充実した日々を過ごしていると自負していたのだろう。

物静かな隣家の奥さんとは行動パターンも話も合わなかったようだが、田舎から送られてきた野菜を分け合うくらいには交流があり、あとから越してきた彼女が困っているときには助言もしていたようだ。回覧板のルールであったり、ゴミ捨てのマナーであったり、学校のＰＴＡ活動のちょっとしたサポートであったり。男からすればささいなことだが、家庭の主婦にとっては重要なことだそうだ。

分譲地の坂道の途中、バス通りに出たところで曲がり、邦夫は停留所ふたつ分を歩いて、駅前から続く商店街のはじっこに出た。

今年は町内会の当番がまわってきて、会長、副会長といった役職は免れたものの、ヒラにはヒラの雑用がある。今日は商店街の顔役に、夏の行事に関する書類一式を届けるという役目を仰せつかっていた。駅前広場で行われる大がかりな夏祭りには町内会の役員が駆り出され、分譲地内の公園で開かれる町内会の盆踊りには商店街からの差し入れなどがある。

毎年の恒例行事なので、桂ヶ丘にかれこれ二十年も住んでいると、「ああ、またか」という気持ちしかない。子どもが小さい頃は両方に顔を出したが、今では役員にでもならない限り、様子を見に行くこともない。いっときは張り切っていた泰加子まで、邦夫に押しつけておしまいだ。

今度いそいそ出かけるとしたら孫の手を引いてだろうか。ついこの前まで、息子や娘を連れて歩いていたのに。ママに内緒だよと言いながら、たこ焼きもおでんもラムネもアイスも買ってやった日のことを、あの子たちは覚えているだろうか。

商店街の役員である和菓子屋の旦那に書類を手渡し、店の隅に設けられた喫茶コーナーで団子セットをつまみ、新茶で喉を潤してから、邦夫はぶらぶらとアーケード街をひやかした。再び「はずれ」まで戻ってくると、自動販売機のわきで床屋の主がタバコをくゆらせていた。

目が合って、どちらからともなく片手を挙げた。職場の近くですませることもあるが、それ以外は商店街のはじっこにある床屋を利用している。互いの息子が中学校の同級生だったので、父親同士の気軽さも手伝って、店の外でも何くれとなく付き合いがある。いっときは渓流《けいりゅう》釣りにもよく誘われた。

「小島さん、ひとり？　買い物？」

「町内会の用事だよ。今年、世話役だから」

「おお。そりゃお疲れさま」

ぎょろりとした目玉を動かし、愛嬌《あいきょう》たっぷりにニカッと笑う。鷲鼻《わしばな》で彫りの深い顔立ちなので、海賊船の船長みたいと妻や娘はくすくす笑っていた。

「立川《たちかわ》さんはのんびり一服？」

「ここんとところやっとひと息つけるようになったよ。また行かない？」

釣り竿を投げるまねをしてみせる。自分の親と奥さんの親と、介護が必要になったり入院したり、仕事以外が忙しくて釣りにも行けないとぼやいていた。最近になって、少しずつ自分の時間が持てるようになったらしい。

「いいね、連れて行ってもらおうかな。定年間近だから、仕事も忙しくないんだ。すっかり窓際族。年休も取りやすいよ」

「へえ。そうかあ。でもいいんだよ、若いのにやらせておけば。行こう行こう。おれも久しぶりにこの前、釣り雑誌を買っちゃった。懐かしいのなんのって。これでも昔はグラビアページをにぎわせたんだから」

「だったね。ほんとうに懐かしい」

「十年ひと昔だ。あの頃は若かった」

タバコを灰皿に押しつけて消し、肩をすくめておどけてみせる。

「十年は大げさだよ」

「いや、ブランクは五年ばかりだけど、グラビアに初めて載ったのは十年前なんだ。忘れもしない『渓流バンザイ』の六月号。発売日に本屋で買ってさ、すっかり舞い上がったもんだ」

「ああ、そんなになるか。見せてもらったっけ」

邦夫は如才なく応じたのに、立川は恨みがましい視線をよこした。

「見てないかもね。見たとしても忘れたかもね。おれのグラビアデビューだったのに」

そんなはずないと手を振る。じっさい滝壺をバックに竿を振る、立川の気取った写真が頭に浮かぶのだ。

「秋川《あきがわ》渓谷でしょ」

「ちがうちがう。その前に奥多摩《おくたま》があったの。ま、仕方ないよ。最悪のタイミングだったからね」

「最悪？」

「ほーら、十年前の、五月二十日。『渓流バンザイ』六月号の発売日。何があったのか、覚えてるだろ」

立川がちらりと分譲地の方角を振り返り、声に出さず、口の形だけで「事件」と言った。

「あの日か」

「そう。よりにもよってあの日。午前中は子どもみたいにそわそわウキウキしてたよ。さっそくカミさんに見せて、となりの八百屋に見せて、油売ってる仏具屋のじいさんにも見せて。午後も夕方も夜も、盛り上がるつもりだった。でも」

桂ヶ丘で、人が殺されるといういたましい事件があった。邦夫の家があるのは桂ヶ丘四丁目で、分譲地の中腹《ちゅうふく》の東はじ。事件が起きたのは三丁目。同じく中腹であるものの反対側の西はじだった。白昼堂々強盗が押し入り、金品を奪うと同時に、物音を聞きつけ現れた家人と鉢合わせし、もみ合った拍子に家人は転倒して頭を強打。亡くなった。

「あの日はたしかに大変だった。いや、犯人が捕まるまでの数日間は、町全体がぴりぴりしてたな」

「だろう？　パトカーが何台も行ったり来たりして、マスコミがどっと押しかけ、テレビ中継まで入った。商店街の防犯ビデオはみーんな押収された」

「そういや和菓子屋のご主人、テレビに映ったね。八百屋の奥さんも」

立川は不満そうに口を尖らせ、拗《す》ねたように言った。

「もったいぶった顔でインタビューに答えてた。そしてみんな、寄ると触ると事件の噂話ばかり。おれのグラビア記事なんて、かすむかすむ。それどころじゃないってのはよぉくわかっているよ。人ひとり殺されたんだ。犯人が野放しなのも恐ろしい。けど、さびしかったなあ」

邦夫はまあまあと慰め役にまわった。

「タイミングだねえ。ひと月ずれてりゃ、商店街のスター誕生だったのに」

「わずか半日の盛り上がりだった。カミさんと、となりの八百屋と仏具屋のじいさんに見せびらかし……」

立川は目を細め、背後のバス道路を振り返った。ひょいと片手を挙げて交差点を指さす。

「そういやあの日は准《じゅん》くんを見かけたな。自転車に乗って坂道を降りてきて、赤信号で止まった。声をかけて手を振ったんだ。でも気づいてくれなかった。惜《お》しかったなあ。准くんにも見てほしかったよ」

「准？　うちの？」

「そうだよ。学校は休みだったのかな。ほら、うちの伜《せがれ》とはちがう高校でしょ。北高のことはよくわからなくて」

「何時頃？」

「うーんと、十二時前だね。カミさんが昼飯に出るちょっと前だから。あの頃は准くんもよくうちに来てくれてた。見まちがえってことはないよ。いつものパーカーを羽織っていたし」

邦夫は口をつぐみ、顔を伏せた。思いがけないところから冷たい水を浴びせかけられたようだ。つい、押し黙ってしまう。

「あれれ。どうした。おれ、まずいこと言ってる？」

「いや、別に……」

「ひょっとして准くん、サボり？　親に内緒で休んでた？　ごめん。おれ、いい年して親にチクってるのかも。参ったな。気にしないでよ」

のぞき込むような立川の視線を逃れ、邦夫はハハハと笑う。

「チクるも何も昔の話じゃないか。あの子が高校生だった頃は仕事が忙しくて、ほとんどかまってやれなかった。そんなのをちょっと思い出して」

「そんなのいずこも同じだよ。かまってやれば、うるさがられるのが落ちだ。准くんは浪人もせずに大学に入り、今ではいっちょまえのビジネスマン。孝行息子だねえ。頑張ってるんだろ」

「今、名古屋。味噌カツは旨いらしい。光太郎《こうたろう》くんは？　相変わらず？」

ギターを弾くまねをすると、立川は両手を挙げて万歳のポーズを取った。いつだったか夏祭りのステージで歌声を披露したことがあった。逆立った髪の毛やド派手な衣装に目を奪われたが、ステージから降りてくれば昔ながらの気のいい男の子だ。引き連れていたバンド仲間を含めて、ちゃんと働いて活動を続けているとのこと。彼も理容師の資格を取り、親とは関係のない店でハサミをふるっていると聞いた。

渓流釣りの約束をしてから立川と別れ、邦夫は自宅に向かう坂道を歩いた。ほんの一、二時間前降りていくときとは、まったくちがう足取りでアスファルトを踏みしめる。薄雲が広がり日差しを遮《さえぎ》り、街路樹はぼんやりとした影を落としていた。十年前、分譲地内で起きた殺人事件。同じ日に息子は熱を出し学校を休んだ。五月の半ば過ぎ。こんなときに風邪かと、自分は妻相手に訝《いぶか》しんだかもしれない。昔のことだ。すっかり忘れていた、遠い昔の出来事だ。

「パパ！　もう。パパってば」

背後から声がして、振り向くと妻の泰加子。

「何度も呼んだのよ。なにぼんやりしてるの」

息を弾《はず》ませ、自転車を押してきた。下のスーパーまで買い物に出かけたのだろう。前と後ろの両方の籠に野菜やティッシュペーパーが詰め込まれている。邦夫のとなりまでやってきて、大げさにため息をついた。投げかけられる視線には棘《とげ》がある。自分が手ぶらなのに気づき、自転車のハンドルを受け取った。

なだらかな坂道なので漕《こ》いで上がることも出来なくはないが、それは荷物の重さによる。年齢にも関係する。年々、上り坂はきつくなる。帰りが重くなるのはわかっているのだから、スーパーへは車を使えばいいのに、泰加子は自転車を愛用していた。そして大げさに息を切らし、しんどがるのが常だ。

「明月堂《めいげつどう》のご主人、いた？」

　和菓子屋の主だ。

「いたよ。団子、食べてきた」

「あら。だったら、おやつはいらないわね。シュークリームを買ってきたんだけど。ひとりで食べちゃお」

　いくつ買ってきたのだろう。夫の分までいっぺんにたいらげるのだろうか。思ったけれど、言わないでおいた。

　長男は就職して二年目でアパート住まいを始め、昨年の春から名古屋に転勤になった。三つ年下の長女は専門学校を出た後、都内の洋服店で働いている。家からでは通えないと、交通の便のいいところにワンルームマンションを借りた。

「どうしたの？　何かあった？　さっきから考え込んでいるよね」

「うん。まあ」

「何よ。気になる。夏祭りのこと？」

「ちがうよ。帰りがけに床屋の立川さんに、ばったり会った。また今度、釣りに行こうって誘われて」

「いいじゃない。パパも趣味があった方がいいわよ。人生、まだまだ長いんだから。自分の楽しみくらい、自分でみつけなきゃ。濡れ落ち葉って言葉、知ってる？　前に言ったわよね」

ほっとくと、延々と続く。誰それさんのご主人は、なんとかさんの旦那さんはと、話が脇道にそれていく。いつものパターンだ。ふだんはおとなしく聞き流すが、今日は「それでね」と話を遮った。

「流れでもって十年前の話になった。あの事件、覚えてるだろ？」

ちらりと窺うと、泰加子はにわかに眉をひそめた。

「覚えてるけど」

「びっくりすることを聞かされたよ。立川さん、あの日、店の近くの交差点で准を見かけたんだって」

「うそ」

打てば響くような早い反応だった。そのわりに声は小さい。

「見まちがえじゃないってさ。自信たっぷりに言われたよ」

「どうして？　今になって、なんでそんなこと言うの。それとも今までにも、パパ、何か聞いてた？」

「いいや。初めてだ。立川さんは何も知らないよ。自分の写真が載った雑誌の発売日で、誰かに見せびらかしたくてうずうずしてた。准がそこに通りかかったそうだ。たわいもない昔話なんだよ」

「十年、経っているのよ。ほんとうにその日？」

「雑誌の発売日が、事件のあった日だ。今まで話さなかったのも、言うほどのことでもないと思ったんじゃないか」

泰加子はすっかり棒立ちになっていた。突然の話に驚き、戸惑っているのが手に取るようにわかる。少し前の自分と同じだ。

邦夫はひと波やり過ごした後なので、まわりに目を配る余裕もあった。近くに人影はなかったが、泰加子を促しゆっくり歩き出す。荷物が増えたわけでもないのに、自転車の重みが増した気がした。一度、立ち止まったからだろう。籠からのぞくセロリの葉っぱを見ていると、少し優しいことを言ってやろうという気持ちになる。炒め物にするのか、スープに使うのか。ふたり分の夕食を考え、買ってきたのだ。

「昔のことだ。事件はどうせ解決してるし」

励ますつもりで明るく話しかけたが、泰加子は「私ね」と声をかぶせてきた。

「おかしいなと思っていたの。あの日、夕方帰ったとき、准の自転車の角度が変わっていたのよ」

「角度？」

「あの子のくせ。急いでいるときは、斜めにぐいっと突っ込んじゃうの。それやられると、車が入れにくくて。何度言ってもまたやっちゃう」

小島家の駐車場は、家族の駐輪場も兼ねていた。

「あの日は車で出かけたの。行くときに、佐織《さおり》のと准のと私のと、三台の自転車をきっちり並べておいた。でも帰ったら、准のが斜めに突っ込まれてて。私、熱出して学校を休んでいたくせに、出かけたんだと思ったわ。おとなしく寝てるようにしつこく念を押したのに、あの子ったら。とっちめてやる気、満々だった。でも家に入ったら、佐織が待ち構えてて、たった今聞いたばかりという事件の話を始めたの。だから准の自転車どころじゃなくなって」

すっかりまぎれてしまったのだ。

ほんとうならそれきりになるはずだった。小学生じゃあるまいし、いくら病欠とはいえ、高校生の男の子が家を抜け出し自転車でふらつくくらい、驚くべきことではない。母親に小言を食らうのがせいぜい。たとえ同じ日に、自宅のすぐそばで殺人事件が起きようと、それとこれとは別問題だった。

けれども翌日、ふたり組の刑事が小島宅を訪れた。

邦夫が出勤したのちなので、ここからは泰加子からの伝聞だ。警察の人間が突然現れたら、ふつうの一般市民は緊張するだろう。泰加子もかしこまって応対に出たそうだ。いわゆる周辺への聞き込み調査のひとつだろうと、気持ちを落ち着けて玄関先で質問に答えた。被害者とは面識がなく、事件を聞いて驚いています。恐いです。不安です。早く捕まえてください。通り一遍のやりとりがあった。

それで終わりだと思っていたのに、刑事のひとりが「ところで」と切り出した。准一《じゅんいち》のことを根掘り葉掘り尋ね、泰加子が気色《けしき》ばむとおもむろに透明なビニール袋を取り出した。中に、色の付いたカードが入っていた。駅前のレンタルショップの会員証だった。准一のカードであり、犯行現場に落ちていたと聞かされた。

当の准一は熱がぶり返したので、学校を続けて休んでいた。会わせてくれと刑事たちに言われ、泰加子は断ることもできず二階に呼びに行った。寝癖でぼさぼさの髪に、スウェットの上下を着こんだ准一は、だらしなく降りてきて生あくびを嚙み殺した。そして刑事から会員カードの話を聞き、表情を改めた。

なぜ、どうして、知らないと、何度もくり返したそうだ。けれど刑事たちは聞く耳持たず、昨日の午前十一時から昼過ぎの十三時まで、どこにいたかと尋ねた。

容疑者扱いよ、アリバイの有無を聞かれたのよ、泰加子は邦夫相手に泣きながら訴えた。

その夜のことだ。一階にある和室の片隅。ママたちは重要な話があるからと、リビングでテレビを見ていた佐織を二階に追いやった。准一はもともと自室のベッドの中。人払いをしたのち、襖《ふすま》をすべて厳重に締め切って、怒りをぶちまけてきた。いくら落ち着けと言っても鎮《しず》まらない。

泰加子の興奮はさておいても、状況の悪さは察せられた。突然アリバイと言われても、高校生が熱を出し、自宅で伏せっていたのだ。父は会社、母はパート先、妹は学校。誰も家にいなかった。それでどう、家にいた証明ができる?

何より恐いのは、警察に目を付けられ、疑われ、執拗《しつよう》につきまとわれ、いつしか人の噂にのぼることだった。濡れ衣であっても、一度たった噂はどんな尾ひれが付くかわからない。消して歩くには限度がある。負わなくてもいい傷を負いかねない。

邦夫は瞬時にそこまで考えて鳥肌を立てた。

「警察はなんて?」

「だから、容疑者って決めつけてるのよ。ひとりはにやにや笑い、ひとりは恐ろしい形相で睨《にら》んだりして。気の弱い人ならそれだけで泣き出しちゃう。あなたなんかきっと、おろおろした揚げ句、腰を抜かすわ」

「准は？　その時間、ちゃんと家にいたのか」

「いた。本人がはっきり言ってるの。どこにも行ってない。家から一歩も出てないって」

「それを証明してくれる人がいないのか」

たいへんな剣幕だった泰加子が、不意に顔つきを変えた。こんなときこそしっかりしなくてはと、邦夫が腹に力を入れているのに、「はあ」と気の抜けた息をつく。持ち上がっていた肩を落とす。

「どうした？　まだ何かあるのか」

「ここまでの話、ちゃんと聞いてくれたわよね。ほんとうに大変だったでしょ」

「ああ、もちろん」

「私がどれだけ驚いて、不安で、心細くて、つらかったのか、あなたにも伝わった？」

「だから、そのあとどうなった？　准一はこれからどうなる？　刑事たちはなんて言ったんだ」

泰加子は再び体に力を入れ、鼻を鳴らし、目元にティッシュをあてがった。

「警察の人は准の話をぜんぜん信用してくれなくて、『君が、昨日の午前十一時から昼過ぎの十三時まで、自宅にいたことを証明してくれる人はいないのかな』って、すごく落ち着き払って聞いてきた。准は答えられず、悔しそうに顔を伏せた。熱を出して寝ていたのよ。どうしようもないじゃない。私も泣きそうだった。もう一度、『ほんとうにいたんです。どこにも出かけてません』って、あの子がくり返したそのとき、となりから『あのー』って、声がしたの」

「となり？」

「須田さんよ。須田さんの奥さん。うちとは玄関が近いでしょ。話が筒抜けだったみたい。そして言ってくれた。『准くんなら、昨日のお昼、ほんとうに家にいましたよ』って」

となりの奥さんは十一時過ぎに、小島宅の二階バルコニーに准一の姿を見かけたそうだ。携帯電話で話をしていたという。そのあとバルコニーの椅子に腰かけ、ぼんやりしていたのか、うたた寝していたのか、准一はしばらく動かなかった。

熱を出し、学校を休んでいるのは知っていた。泰加子がパートに出かけるとき、大声でさんざん注意を呼びかけていたから。五月の薄曇りの日で、風もほとんど吹いていない。うたた寝するには気持ちいいだろうが、熱があるならちゃんと布団をかけた方がいい。気になって、何度も様子を見た。そして十二時が近づくと、昼ご飯の差し入れをしてはどうかと思いついた。自分の作る煮込みうどんを、准一はとても気に入ってくれていた。風邪の日にはぴったりだろう。

支度をしながらバルコニーを窺い、部屋に戻って眠っているのなら起こすのは悪いかと思い、とにかくずっと気にかけていた。一日張り付いて見守っていたわけではないが、一時過ぎまで自宅にいたことはまちがいない。

となりの奥さんは、ふたりの刑事にそう話してくれた。


「あれは、ありがたかったわ」

「だな。あっという間に疑いが晴れ、警察もしつこく絡んでこなかった」

邦夫は自転車を押し、自宅へ向かう道路の最後の曲がり角を左に折れた。

そこから三軒目が須田家。四軒目が小島家だ。どこからかカレーの匂いがしてくる。ピアノの音色は一軒目の家だ。小さな子どもではなく、ご亭主が定年後の趣味で始めた。

「でもね」

顔を上げて泰加子がつぶやく。音でも匂いでもないものを探すように、目線を真っ直ぐ前に向ける。

「さっき話したでしょ、自転車の止め方。あのとき、私なりに考えたの。アリバイが必要だったのは、十一時から十三時まで。須田さんもその二時間について証言してくれた。だからあの子がこっそり抜け出したのは、十三時以降だろうって」

ふつうに考えれば、誰でも思いつくことだ。

「私だってよけいな波風立てたくない。だからそれきり考えないようにしたけれど、ほんとうはちょっと引っかかっていたの」

「どんなふうに？」

「あの日、中学校は下校時間が早かった。先生の研修だかなんだかで、午後の授業がなかったのよ。お昼を食べて、ホームルームがあって、掃除をやったら下校。佐織も二時頃に帰ったみたい。それで言ってたの。お兄ちゃんはどこにも出かけてないよ。ずっと家にいたよって。大人たちの話が耳に入って、あの子なりにお兄ちゃんの潔白を訴えたかったんだと思う」

家から一歩も出てないという兄の主張を後押しした。でもそれによって、准一の動ける時間は狭められた。泰加子がパートに出かけた八時半から十一時までの間。もしくは、昼の一時から佐織の帰宅するまでの間。

短い時間ではあるが、そこならば不在であっても事件のアリバイは成立する。自転車で外出して問題はない。泰加子は自分を納得させた。

けれど十年経ち、事件のあった日、それも一番問題とされる十二時前後に、准一を見かけた人が現れたのだ。果たして准一は自宅にいたのか。あるいは商店街の外れを自転車で突っ切っていたのか。ふたつにひとつだ。となりの奥さんと、床屋の立川と、どちらかが見誤ったことになる。

「もしもよ、パパ。もしも立川さんの言ってるのがほんとうなら、須田さんの証言はまちがいだったってこと？　すごく具体的だったのよ。あやふやじゃなかった。うっかりまちがえて、あんなにしっかり言ってくれるかしら」

「うちの窮地を見かねて、気を利かしてくれたのかもしれないよ。ほんとうは十一時半に一回、十二時半に一回、ちらりと見かけただけだったのかもしれない」

「そうかしら」

　納得しかねるような声を出す。その気持ちはわからなくもなかった。さまざまな場数を踏んでいるであろう刑事、それも容疑者扱いしたくてうずうずしている連中が、おとなしく引き上げるような説得力のある証言だったのだろう。困っているのを見かねて、何かを貸してくれるような話ではない。それこそとなり同士のよしみで、自転車の空気入れを借りたり、脚立《きゃたつ》を貸したりはあったが、あれとはちがうのだ。

　そしてもうひとつ、気になることがある。

「となりの奥さんもだけど、准はどうなんだ？　もしも立川さんの話がほんとうなら、あいつは出かけていたことになる。それはいったいなんの用事だろう」

「何って」

「熱を出して学校を休んでいたのに、こっそり家を抜け出した理由だ。おおかたコンビニだろう。漫画雑誌かお菓子を買いに行った。考えられるのはそんなところだ。でも、それなら言うだろう。刑事がふたりも家に押しかけ、殺人事件の話をしてるんだ」

「だから、恐くなったんでしょう。あの子の会員カードが現場に落ちていたのよ。疑われるのがわかっていたら、正直なことなんか言えないわ」

「そうだろうか。嘘をつく方が恐くないか？　ほんとうは出かけているのに、一歩も家から出ていないとシラを切る方が、度胸も根性もいるんじゃないか？　殺人事件と無関係なら、カードの件はまったくの誤解だ。たとえ言いにくくても、ちょっとした外出くらい、打ち明けてしまった方が嘘をつかずにすむ」

泰加子の手が伸び、シャツの袖を摑まれた。乱暴に揺さぶられる。

「あなたの言ってるの、わからないわ。だったら何よ。もっとわかるように言って」

答えられずに邦夫は妻の手を外し、自宅への坂道を上がった。手前にある隣家の駐車場はからっぽだ。小島家のそこにはグレーの乗用車が収まり、すみっこに邦夫が使っている自転車が置かれていた。ふたりの子どもは相次いで家から離れ、自転車ももうない。

泰加子にははっきり言えなかったが、准一がほんとうは外出していたとして、隠すにはそれなりの理由があったはずだ。嘘をついて、あとからバレたら抜き差しならない状況に追いこまれる。高校生ならわかっていただろう。第一、出かけた先によってはそこでアリバイ確認ができるかもしれない。准一はその可能性をのっけから外している。そして自宅にいたと言い張った。

どこに行ったのだろう。なぜ隠そうとしたのだろう。

翌日の月曜日、邦夫はいつも通りに出社した。勤務先は最寄り駅から四つ先の駅にある貴金属メーカーで、事務方として働いている。昨日の件が頭から離れず、ふだんより口数も少なく、仕事のペースもにぶりがちだった。同僚から体調を気づかわれ、定時より少し早めに退社することにした。

十年前、准一は自宅にいたのか、いなかったのか。あれこれ思い悩まずとも本人に直接聞いてみればいい。昨夜はそんな結論になり、泰加子にもせっつかれ准一の携帯に電話を入れた。ところが出ない。留守録に切り替わってしまう。折り返しの電話もない。残念ながら、よくあることだった。親からの連絡は何かと無視されがちだ。うっかり見逃したり、うっかり忘れたり。自分を振り返っても、息子なんてそんなものだろう。

急を要することならば、その旨メールをするが、昨日の場合は気が引けた。またかけると泰加子には言って、なんとかあきらめてもらった。

准一は小さい頃こそやんちゃでいたずらっ子だったが、小学校に上がる頃から少しは分別もつき、友だちと仲良く遊び、勉強もそこそこの成績を保ち、これといった問題も起こさなかった。振り返ってみれば、手のかからない子どもといえよう。佐織の方が反抗期はひどく、いつも不機嫌で、生意気なことばかり言っていた。

もっとも泰加子からすれば、准一だって部活の顧問と揉《も》めて呼び出しを受けたり、友だちとふざけて転んだ拍子に手の骨にひびが入ったり、無断外泊したりと、いろいろあったようだが。しかし一番のインパクトとなると、例の事件がいやでも浮かぶ。

邦夫が早めに帰ることにしたのは、午前中に町内会長からメールを受け取っていたからというのもある。頼まれていた書類を和菓子屋の主に渡したと、邦夫の報告を受けての、ごく簡単な返信だった。

メールの内容はさておき、会長の家が事件のあった家の近くだったと思い出した。帰りがけ、寄ってみようかと思う。

十年前の事件は捜査開始から四日後、意外な形で決着した。当初は居直り強盗が疑われ、常習の空き巣ならば長引くことも危惧されたが、じっさいは顔見知りによる犯行だった。犯人はその家の主の元部下で、リストラされたことを逆恨みし、上司の自慢していた高価な時計コレクションを狙って留守宅に忍びこんだ。ところが不在のはずの母親がいて、侵入者に気づき、鉢合わせしてしまう。騒がれたのでもみ合いになり、突き飛ばした拍子に母親は頭をぶつけ、打ち所が悪くて亡くなった。

准一の会員カードについては、なぜその家の玄関に落ちていたのか、詳しいことは知らされなかった。准一もどこでなくしたのか覚えていないという。たまたま拾った犯人が、捜査を撹乱《かくらん》するためにわざと落としていったのだろうか。

カードそのものは一カ月後に戻ってきたが、泰加子が嫌がるので、准一も同意して破棄してしまった。

四時半をまわったところで、邦夫は早引け扱いで退社した。定年は五十七歳という会社だ。そこから先、嘱託《しょくたく》を含めても残れるかどうかは、今の時点で微妙だった。退職金で残りのローンを完済し、年金が支給されるまで、どう食いつないでいくか。六十四、五歳までは働きたい気持ちもある。

最寄り駅で降り、分譲地をぐるっと巡回するバスに乗った。三丁目のバス停で降り、町内会長の家に向かった。あらかじめ、夏祭りのシフトについて聞きたいことがあると伝えてある。電話でもすむことだが、ちょうどいい口実になった。町内会長は邦夫よりひとまわり年上で、森口《もりぐち》という男性だ。桂ヶ丘分譲地の、それこそ草分けの頃に引っ越してきた古参組。前回、邦夫が役員に当たったとき、副会長を務めていた。

「おや、会社から直接？」

今どきなのでスーツ姿ではなく、スラックスにジャケットを羽織っていたが、シャツをズボンの中に入れベルトを締めているのは、あらたまった服装になるのだろう。日の暮れるのが遅くなり、まだ明るい時間だった。

「早く帰れたんで、帰宅する前に寄りました」

「入る？　それともテラスでいい？」

初期の頃の分譲地は敷地も広く、新しく庭に作ったウッドデッキが森口のお気に入りだ。家の中からは奥さんの、「入っていただいて」という声が聞こえたが、邦夫にしても外の方が気楽だった。庭にまわって鞄を椅子に置き、のんびり庭木を眺めていると、森口が書類と缶ビールを持ってやってきた。

「会社帰りには、やっぱりこれがなきゃね」

「ありがとうございます」

「こっちもお相伴《しょうばん》だ」

不動産会社で働いていたという森口は、糸のように細い眼でふにゃっと笑う、いかにも人の好さそうな、悪く言えば頼りがいのなさそうな男に見えるが、じっさいはなかなかの切れ者だ。でなければ、いろんな人間の集まる町内会で、ひょうひょうと行事をこなしていけない。副会長のときもしっかりしていると思ったが、会長になって落ち着きが増している。

噂話に喜んでのってはくれないだろうが、邦夫にしてもその類《たぐい》は苦手だ。浮ついた気持ちではなく、正面から尋ねてみようと決めていた。夏祭りの手伝いについて、細かい疑問点を聞き終わったところで、邦夫は切り出した。

「つい最近、十年前の事件を思い出すことがあったんですよ。実はあのとき、現場近くにうちの家族の持ち物が落ちていたとかで、刑事が我が家まで押しかけてきました」

森口は細い眼を見開くようにして、「ほう」と声をあげる。初耳だったのだろう。

「結局は無関係だったんですが、ほんとうに驚かされました。それを思い出し、今さらですけれど事件の顚末《てんまつ》とやらが気になって。森口さんはぼくより詳しいですよね。三丁目に住んでいますし、もちろん顔も広いですし」

「あれねえ」

机に置いた缶ビールを手に取り、ゆったりした動作で喉に流し込む。

「犯人が元部下というのは、小島さんも知ってますよね」

「はい」

「けっこう公判で揉めました」

「公判？　裁判ですか」

森口は椅子の背もたれに上半身を預け、うなずいた。

「亡くなったのは市ヶ谷《いちがや》さんの母親だったわけですが……」

市ヶ谷という家で起きた事件だ。

「それまでも会社の部下を自宅に呼び寄せ、家のメンテナンスやら庭の草むしりやら、いろいろ手伝わせていたようです。その揚げ句、部下のひとりがコレクションの時計を盗んだと、市ヶ谷さんが言い出して。いや、真相はわかりませんよ。ほんとうのところはうやむやのままです。ただ、会社でも相当噂になったようです。疑いをかけられた部下は精神的に追い詰められ、自分は盗んでないと書き置きを残し、亡くなったんですよ」

「は？」

思いがけない話に、身を乗り出す。

「十年前の犯人は、元部下なんですよね？」

「そうです。犯人となった男は、亡くなった同僚の無念を思い、市ヶ谷さんに抗議したらしい。そのことで諍《いさか》いとなり、これまたいろいろあったようで、辞職を余儀なくされたんですよ」

「もしかして、市ヶ谷さんに睨まれてクビに？」

森口は曖昧《あいまい》に肩をすくめたが、そういうことだったのだろう。

「つまり、かなりの屈折した恨みを持っていたということですか。そこまでの背景は知りませんでした」

時計のコレクションを狙ったことにもつながる。

「理由がいくらあっても人の家に盗みに入ってはいけないし、お年寄りに危害を加え、命を奪うなど許されることじゃないです。でもまあ、裁判が始まると市ヶ谷さんにとっても不利な証言が出てきて、いやがらせの類もあったようです。しばらくして引っ越してしまいました」

「そうだったんですか。事件のあった家だから、つらくなったとしか思いませんでした」

売りに出したけれど買い手がつかず、取り壊した上で敷地を三つに分け、建て売り住宅にしたと聞く。

「ああ、すみません。私の方が先走って話してしまった。小島さんの気になったこととは？」

「ほんとうに今さらなんです。当時は、金品目当ての空き巣の犯行とされ、犯人逮捕に時間がかかると言われていました。物証に乏しく、近隣に聞いて回っても手がかりになるような目撃情報は得られない。捜査はあっという間に行き詰まったと、まことしやかに話している人もいました。たしか、新聞報道でもそんな論調でしたよね。でも急転直下、事件発生からほんの数日後、犯人は逮捕されました。あれって、何があったんでしょうか」

邦夫が口にしたのは素朴な疑問だった。ただの空き巣ではなく顔見知りの犯行とわかったとき、意外性にばかり目が行った。元部下であり、リストラによる逆恨みと聞かされ、話題は脱線しがちだった。時代を象徴するような事件に思え、実に嘆かわしい、そこまできたかと、利《き》いた風なことを口にした。

今になって、肝心なことを見逃していたように思えたのだ。

森山は腕を組み、首をひねって暮れなずむ空を眺めながら言った。

「案外、知られてないことなのかな」

「何がですか？」

「知ってる人は知ってると思いますよ。現に私は知ってる。でも吹聴《ふいちょう》するような話ではないので、小島さんもそのつもりでいてくれますか」

なんだろう。邦夫は強く首を縦に振った。

「有力な目撃情報があったんですよ。そうだ、私よりも詳しい人間がいる。今日は何曜日でしたっけ。月曜日か。だったらいるかもしれませんよ。一丁目の公民館に」

森口はちょっと待ってくださいと言い置いて、ポケットから携帯電話を取りだし、立ち上がってデッキの手すりにもたれかかって電話をかける。

相手は出たらしい。会ってくれるようだ。どうしますかと尋ねられ、邦夫は腰を浮かし、今から行きますと答えた。


森口の家から公民館までは歩いて十分ほどだった。広い板張りフロアと、和室がふたつ、小さなキッチンがついた平屋の建物だ。町内会の打ち合わせはほぼここですませているので、邦夫にとっても馴染《なじ》みの場所だ。

たどり着くと何かしらの教室が終わったらしく、帰っていく人たちとすれ違った。森口が紹介してくれた人は講師役だったようで、板張りのフロアで後片付けの最中だった。安《あん》西《ざい》さんという、初老の女性だ。これまで挨拶くらいはしたことがある。泰加子とは親しかったかもしれない。和裁と書道の師範免許を持っていて、着付けもできる。そうだ、泰加子はたしか着付けを習っていた、と思い出す。

様子を窺いながら、おそるおそる中に入ると、すぐに気づいて如才ない笑みを投げかけてくれた。他にもスタッフらしき女性がいて、その人は邦夫を見て訝しんだが、用事があるのと言って安西さんはひとり残った。

「すみません。突然押しかけて」

「いいえ。ちょうどお教室が終わったところでしたから」

消し忘れていたホワイトボードの文字を消す。どうやら浴衣《ゆかた》を縫っていたらしい。

「でもまあ驚いたわ。いきなり十年前の件なんて」

「すみません。ほんとうに」

「事件を解決に導いた、目撃証言が知りたいんですって？」

ホワイトボードの前で、鷹揚《おうよう》に微笑《ほほえ》む。その表情をもらい、気持ちがずいぶんらくになった。

「今さら昔のことを蒸し返すつもりはないんですけど」

「そうね。事件は解決したんですもの。それに、目撃した人はもう亡くなってしまったわ」

邦夫が驚いて目を見開くと、安西さんは小さくうなずいた。

「四丁目に住んでらした、池上《いけがみ》さんちのユキエさん。私より、ふたまわり近く年上だったわ。病気をしたせいで腰が曲がり、髪もまっ白で、歯が抜けて、見た目はずいぶんなお婆さんだったけど、中身はしゃんとしてたのよ。雨の日以外は手押し車を押して、決まった時間、決まった道順で町内をぐるりとまわってた」

　それを聞き、邦夫の脳裏に浮かぶものがあった。くの字に腰の曲がったお婆さんが、手押し車にすがるようにして分譲地内を歩く姿だ。安西さんは「そうそれ」と言いたげな顔をする。

「亡くなったんですか」

「二年前にね」

「その人が目撃者？」

　足元もおぼつかない、やせ細った老婆という印象しかない。

「きれいな人だったのよ。若い頃の写真を見せてもらったことがあるんだけど、それこそ女優さんみたい。都内の繁華街で自分のお店を持っていたと自慢げに話していたわ」

「そうなんですか」

「だからね、人の顔を覚えるのは得意なんですって。ママをやっていると、お客さんをどれだけちゃんと覚えていられるかで、繁盛するかしないかが変わってくるそうよ」

　上品そうなご婦人から意外な話を聞かされる。

「そしてユキエさんがぐるりとまわっていた時間が、十一時から十二時の間だったの」

「ということは、そのとき、犯人を見たわけですか」

「ただ見ただけじゃないの。以前も市ヶ谷さんのところに来た、若い男だと言い当てたの」

邦夫の口から「ひゃあ」と間の抜けた声が出る。

「そりゃすごい」

「ええ。警察も最初は相手にしなかった。似た年頃の若い男の写真を、何枚も見せたらしいわ。でもユキエさんは迷わず、『この人』と選んだのよ」

市ヶ谷家で勤労奉仕させられていたのは、盗難の疑いをかけられた男だけではなかったのだろう。それにしても。

「犯人もまさか、よたよた歩いているお婆さんに覚えられているとは思わなかったでしょう」

「ユキエさん、たいへんなお手柄よね。でも、ユキエさんひとりじゃ目撃者にはなれなかったのよ。どういう事件がどんなふうに起きていたのか、それについてはまったく疎《うと》かったから。自分から名乗り出るなんて、ありえなかったと思うわ」

「だったらどうして?」

「あれとこれとを結びつけた人がいたの。ひょっとしたら犯人を見ているかもしれないと気づき、ユキエさんに話しかけた人」

「どなたですか」

ふふっと、謎めいた笑みを片側の頰に刻んだのち、安西さんは答えを口にした。

「お宅のおとなりの、須田さんの奥さんよ」

今度は邦夫の脳裏に、物静かで引っ込み思案な、何かと騒々しい妻とは正反対の女性が浮かんだ。


須田家の主とは、男同士のよしみで何度となく口を利く機会があった。

「うちの、無愛想でとっつきにくいと思うんですけど、よろしくお願いします」

越してきてすぐの頃にそう言われた。

もう少し打ち解けてから、同じ信用金庫に勤める元同僚で、いわゆる職場結婚と聞かされた。

「入庫した頃から地味で目立たない女の子でした。はきはきものをしゃべる子が多かったので、逆に気になったんですよね。よく見ていると、仕事はちゃんとこなす。どちらかというと優秀な部類です。気配りもできて、協調性もある。ただ極端な人見知りで、緊張すると言葉が出て来ないそうです。笑顔が強ばり、手足が冷たくなる。なめらかで和やかな談笑に憧れるけど、どうしようもなく無理と言ってました」

となりの主は不器用な女の子に興味を持ち、いつしか人柄を含めて好ましく思うようになったらしい。

「あるとき結婚観について聞いたら、自分の望みは専業主婦だと言われました。掃除も料理も洗濯もきらいじゃないので、家の中で、それらのことを毎日やれたらどんなに幸せだろうと、ほんとうに夢見る顔で言ったんです。面白いなあと思いました。今どき、珍しいでしょう？　それで結婚してみたら、たしかに家事だけで楽しそうです」

邦夫が須田家に初めてあがったのは、彼らが引っ越してきてひと月過ぎた頃だった。組み立て式の家具を買ったけれど、うまくできないと庭先でぼやかれ、工具箱片手におじゃました。

泰加子から、「下ばかり向いて何もしゃべらない奥さん」「話しかけられるのが嫌みたい」「うちとは付き合いたくないんじゃないかしら」、そんなふうに聞かされていたので、偏屈な主婦のこもり部屋のようなものを想像していたが、入ってみると室内は明るく清潔に調えられていた。手作りらしい刺繍《ししゅう》やレース編みが飾られ、涼やかな観葉植物が感じよく配置されている。彼らのひとり息子は当時四つか、五つ。玩具《おもちゃ》や画用紙、クレヨンなどが散らかっているのも微笑ましい。奥さんは台所で夕飯の支度をしていた。これがまた素晴らしくいい匂いを漂わせる。

「料理はまあまあ得意なんですよ。それも節約料理。なあ」

茶化すように夫に話しかけられ、恥ずかしそうに肩をすぼめていた。あとから、専業主婦を続けるために、節約は彼女の最大目標と聞かされ笑ってしまった。

初めは牽制《けんせい》していた泰加子も、次第に「こういうタイプの人」と割り切ったようで、相手の言動を深読みすることなく、用事があれば話しかけ、到来物があればお裾《すそ》分《わ》けした。いつだったか、りんごのお礼にりんごタルトが返ってきたと感激していた。案外、ウマは合っていたようだ。

人見知りの激しい奥さんは、家の中にいられれば幸せだったのかもしれないが、子どもがいるとそうばかりも言っていられない。息子が小学校にあがり、ＰＴＡの役員がまわってくると、各種の仕事が割り当てられる。うまくこなせなかったようで、その頃すでに子どもふたりが小学校を卒業していた泰加子の耳にも、陰口が入ってきた。

中には「お宅のおとなりさんねえ」と意地の悪い思わせぶりで、面白おかしく言う人もいる。愛想の乏しい彼女が誤解され、必要以上の非難を浴びていた。

泰加子は義侠心《ぎきょうしん》にかられたのか、知り合いを捜して彼女の味方になるよう頼んだ。快く引き受けてくれる人がいて次第に陰口は鎮まったという。首尾よくいって泰加子は得意満面。家の外では謙遜《けんそん》もしただろうが、家族には私の機転が功を奏したと大いばりだ。図に乗るといけないので話半分に聞いていると、あとから手厚く礼を言われた。奥さんではなく、その夫から。

そして奥さんにも伝えたい気持ちがあったのだろう。泰加子が町内会の行事に駆り出されると、一緒になって料理に腕をふるった。彼女の作ったうどんの汁は絶品と評判で、そこから少しずつ公民館の催し物の手伝いをするようになった。学校のPTAとはちがい、口べたな彼女がしゃべらなくてもとやかく言う人はいない。かわりにしゃべってくれる人はごろごろいる。

公民館で教室を持っている安西さんが彼女を知っているのも、そのあたりの繋がりからだ。

その夜、准一から電話があった。痺《しび》れを切らした泰加子がしつこくメールを入れたのだ。

十年前の五月、刑事が我が家にやってきて、准一のアリバイを問いただした件。事件当日ほんとうに家から一歩も出なかったのか。泰加子はそこまでメールで尋ねていた。

なのでかかってきた電話では、准一もそれなりの心の準備ができていたようだ。

「メールを読んで、今さらの話でびっくりしたよ」

家の電話を取ったのは邦夫だった。泰加子がくっついて聞き耳を立てる。

「びっくりしたのはこっちだ。昨日、商店街で立川さんに会ったんだが、昔話のついでに言われたんだよ。事件のあった日の昼間、交差点でおまえを見かけたって。立川さんは会員カードの件を知らない。だから他意もなく、ひょっこり思い出したという雰囲気だった」

受話器の向こうから「うへー」という声が聞こえた。同時に邦夫は舌打ちした。昨日から背中に載っかっていた荷物が転げ落ちる気分だ。いい落ち方じゃない。

「おまえ、あのとき嘘をついたのか」

「しょうがなかったんだよ。おれだって、好きでついたんじゃない。びびっていたよ。ほんとうは正直に言いたかった」

「今さらでもなんでも、ちゃんと話してもらおうか。あの日、おまえは何をやってた」

嘘をつかれたことも、それに気づかなかったことも、騙され続けたことも歯がゆい。じわじわと嫌悪感が広がり、腹が立つ。

「言いにくいことだったんだ」

「いいから話せ」

「友だちが、やばい状態になっていた」

いつにない父親の厳しい声に、気圧《けお》されるようにして准一は話し始めた。

当時の准一はいたって平凡な高校生活を送っていた。けれどあるとき、中学のときの同級生が自宅に乗り込んできた。准一と同じ高校に進学した仮名Mが、学校でひどい目に遭っている。おまえ知らないのか？　知ってて、無視しているのか？　と。

同じといっても入学以来クラスがちがう。部活も選択科目もちがう。主《おも》に使っている校舎も異なっていた。いつの間にか疎遠になり、顔を合わせることもめったになくなっていた。聞き捨てならない話ではあるので、翌日からいろいろ探ってみると、評判のよくない連中と一緒にいて、ときどき殴る蹴るの暴行も受けているらしい。金品も巻き上げられているにちがいない。

准一はそ知らぬふりで彼に話しかけ、適当な口実を作り、悪い仲間から引き離そうとした。けれど簡単にはいかない。連中から睨まれ、遠ざけられることもあったし、M本人に避けられることもあった。

そうこうしていると、かつて自宅に乗り込んできた友だちから、Mは死ぬ気だと切羽詰まった電話があった。それが十年前の事件の日だった。准一は熱を出して寝込んでいた。Mも学校を休み、「今までありがとう」というようなメールを、その友だちにしてきたらしい。

どうしようと電話口で言われ、熱どころではなくなった。友だちの通う高校は遠方だ。

でも准一は自宅にいる。Mの自宅にも近い。おれが捜すと言って電話を切り、家を飛び出した。

自転車を走らせ分譲地を降り、中学のまわりをぐるぐるまわり、Mの自宅を思い出してそちらに向かった。十二階建てのマンションにたどり着いたときには全身に悪寒《おかん》が走った。上の階の廊下や非常階段を見上げると、目がくらんだ。その間、友だちもMに電話をかけ、メールを入れ、准一もほとんど泣き声で留守電にメッセージを吹き込んでいると、Mから返信があった。

会うことができたのは、マンションの裏手にある空き地だった。

「なんと言っていいかわからなかったから、死ぬくらいなら高校に行くなと言った。やめてしまえ。やめてもいいんだ。おれもやめる。やめて、どこか行こう。旅に出よう。有り金持って、一年でも二年でも。五年でも十年でも。あいつはまさかと言って首を横に振った。だからもっと言ってやった。二十五歳や三十歳になったら、きっと世界はちがって見える。それまでどこかに行こう」

邦夫は黙って聞いた。泰加子も口をつぐんでいる。

「なんたって、発熱中だからね」

電話の向こうの声が、ふっとやわらいだ。

「わけのわからない熱弁を、夢中でふるったよ。実際、このまま一緒に旅に出てもいいと思った。現実的な問題解決が浮かばなくて、逃げることしか考えられなかったんだ。正義感じゃないよ。友情でもないのかもしれない。おれにはどうしていいのか、ただただ、わからなかった」

「Mくんは、なんて?」

「あいつの方が大人だった。しばらく死ぬのはやめると言ってくれた。おれが熱を出しているのに気づき、水と解熱剤と飲むゼリーを買ってきてくれた」

見てもいないのに、話を聞いているだけでその場面が浮かぶようだ。息子の想い出話なのに、自分が経験したことのように水の冷たさを実感する。荒い呼吸で見上げた空が居間の天井に重なる。

洟《はな》をすする音が聞こえ我に返ると、泰加子が泣いていた。ティッシュを箱ごと押しつけた。

「そういうことがあったなら、言えばよかったのに」

「うん。でもさ、あいつに口止めされたんだよ。今日のことは誰にも言わないでくれって。おれ、うなずいた。約束したんだ。親にもだけど、警察には言いづらかった。聞けばすぐ、あいつのとこに裏を取りに行くだろうから」

「口止め？」

「あとから気づいたんだ。あいつなりにおれを、庇《かば》おうとしたんじゃないかな。おれが巻きこまれないように。学校ではよけいなことを言うな、言わなくていいと、先手を打ったんだ」

納得が、ゆっくり追いついてきた。腑に落ちる。Mくんは、准一のアリバイを崩そうとしたのではない。ちがう局面において、無謀な友人を守ろうとしたのだ。

「それで今、Mくんは？」

聞かずにいられないことを、慎重に口にした。気を遣ったつもりだが、返ってきた声はいつもの准一らしくのほほんとしていた。

「働いてるよ。でもって、キーボードも弾いてる」

「は？」

「たっちんのバンドにいるんだ。だから父さんたちも聴いてる。ほら、夏祭りのときにステージで演奏したろ」

ああ、あれ。

「もうひとつ言うと、今の話でおれになんとかしろと言ってきた中学時代の友だちって、たっちんだよ」

床屋の息子だ。くせのあるニカッとした笑みが親爺によく似ている。

「あの親子に、振り回されてないか？　おまえも父さんも」

アハハと笑い声が聞こえた。

「それよりも、須田さんのところ、もう引っ越しちゃったんだね。残念だよ。挨拶したかった」

「そうだ、それ。となりの奥さんは、なんであのとき証言してくれたんだろう。おまえは家にいなかったのに、いると言ってくれたんだよな。いないことを、わかっていたんじゃないのか？」

「おれも気になってた。でも聞きそびれたままだ」

「奥さん、何も言わなかったのか」

「うん」

邦夫が証言について聞いたのは、須田家の主からだ。「准くんはほんとうにいい子だからお役に立てて嬉しい」と、うちのが言ってましたよと。いつだったか、困ってる友だちを助けるためにどうするかで、別の友だちと言い合いになっているのが聞こえたみたいです、というのも。

准一と、立川の息子のやりとりだろう。さっきから泰加子は首をひねってばかりなので、おそらく泰加子は家にいなかった。邦夫も、妹の佐織も。しかしとなりには人がいた。

そして、十年前といえば携帯の電波状況が今より悪かった。病欠した准一は、立川の息子からかかってきた電話を、二階のバルコニーで受けたのだろう。いよいよまずい状況に陥った友だちを捜しに行くというような話し声が奥さんの耳にも届いた。

そして刑事の前で准一が真実を隠したとき、明かせない事情があると察し、庇うことを言ってくれたのだ。

「お世話になったんだな、ほんとうに」

「うん。犯人が早くにみつかって、ほっとしたよ」

「あ、お婆さんはどうした。ユキエさんっていうお婆さんだ。腰が曲がっていて、手押し車を押している……」

「名前は知らないけど、自転車で降りていくとき、ぶつかりそうになったお婆さんはいたよ。よけた拍子にバランスを崩し、財布を落とした。そんとき、レンタルショップの会員カードを拾いそこねたのかもしれない。あのときも、それに気づいてぎょっとした。犯人が近くにいて、おれのカードを拾い、わざと現場に置いたのかもしれないって」

気づいたのは、となりの奥さんもだ。決まった時間、決まった道順で分譲地をぐるっとまわるお婆さん。准一が出て行った時間がわかれば、ふたりが出くわす可能性も考えられる。

さらに、准一とちがい、となりの奥さんはお婆さんが何者なのかを知っていた。どこの誰なのか。おそらく、どういう珍しい能力を持っているのかも。

「ひと息入れましょう」

熱いほうじ茶と共に、オレンジピールの入ったクッキーを持って、泰加子がやってきた。邦夫はダイニングテーブルにつき、自分の湯飲みに手を伸ばした。クッキーは甘みを抑えた素朴な味だ。夜のおやつ用に、カロリー控え目だそうだ。

テレビも点けず音楽もかけず、茶をすすってクッキーをかじる。ぼんやり壁に掛かった布を見つめた。タペストリーと言うそうだ。

「准一って、私の知らない高校生活を送っていたのね。佐織もだわ。知らないことばかり。親の知らないことを、知ってる人もいるみたいだし」

しみじみ言われ、うなずいた。いつの間にか飲み干していた茶を、泰加子が注ぎ足した。

「それはお互い様かもしれないいな」

「あら、だったら、私も祐輔《ゆうすけ》くんのことを知ってるかしら」

須田家の息子だ。大学に入り、この春二年生になった。

「知ってるかもよ」

「ひとりっ子だから、准や佐織がかまうと嬉しそうにしてたわね」

「遠足のリュックやテニスラケットの『おさがり』をあげたんだよな」

「佐織は、真沙美《まさみ》さんからお菓子やパン作りを習ったわ」

「真沙美さん？」

聞き返すと、やあねえと笑われる。

「おとなりの奥さんの名前じゃない。旦那さんは涼一《りょういち》さん」

「そうだったっけ」

「まったくもう」

睨まれて立ち上がる。ひとつだけ残っていたクッキーを口の中に放り込み、邦夫は窓辺に歩み寄った。

十年前の五月二十日。亡くなった人もいれば、そうならずにすんだ人もいたらしい。人殺しになった人もいた。

ちがいはなんだったのだろう。准一のカードを拾った人にも、犯行を止めてくれる人がいればよかったのに。

いや、きっといたはずだ。ただ間に合わなかった。あるいはその声が小さかった。何より自分の中からも、破滅とやらを押し戻す力が発せられなければいけなかった。その力もまた、ひとりで生み出せるものではないだろう。

誰が、そばにいるか。誰と知り合えるか。巡り会えた縁をどんなふうに育《はぐく》めるか。

自分はどうだろう。人との縁を、大事にしてきただろうか。

邦夫は掃き出し窓のカーテンをつまんで開いた。庭木の向こうは暗がりに沈んでいる。かすかに家のシルエットが見えるだけだ。

「寂しいわね。おとなりに誰もいないなんて」

泰加子もやってきた。肩を並べて窓の外を見つめる。

「でももうすぐ、新しい人が越してくるわよ。どんな人かしら。三年間、仲良くできるといいけれど。大丈夫よね。なんとかなるわ」

「ほんとうに帰ってくるかな、須田さん」

つぶやくと、腕を小突かれる。

「帰るわよ。少なくとも奥さんはそのつもりよ。ひとりでも帰ってきて、こちらの生活費は自分で稼ぐんですって。パートに出るって」

「そりゃすごいな。専業主婦を返上するのか」

となりの主はこの春から、片道二時間もかかる関連部署に出向となった。単身赴任も考えたそうだが奥さんはついていくという。だったらここから引っ越さなくてはならないが、家を手放すのは誰も賛成しない。出向の約束は三年間だ。勤め先にかけ合い、借り上げ社宅として新婚カップルに使ってもらうことにした。

「祐輔くんは大学のそばに下宿か」

「こっちに友だちがいるんだもの。たまに帰ってきて、うちに泊まればいいのよ。そう言ってあるの」

　しつこくすると嫌われるぞ、と思ったが、言わずにおいた。子どもたちにとってはここが育った場所だ。いつでも帰れる家があるのはいいことだろう。

「須田さんが帰ってきたら、釣りに誘ってあげよう。それまでに腕を磨いておかなきゃ」

「ちゃんとしたの釣ってきてよ。美味《おい》しい魚。そして自分でさばいてね」

　となりの奥さんなら、たたきも甘露煮もつみれ汁もさっと作ってくれるけれど、これも言わずにおこう。

　暗いと思っていた夜空に、よく見れば星がいくつも瞬《またた》いていた。

野バラの庭へ

1.

中根《なかね》、と呼ばれて、香留《かおる》は顔を上げた。首をひねると上司の富島《とみしま》が顎をしゃくってみせる。来いという合図だ。思わず眉を寄せた。メールを書いている途中だった。

「仕事だよ、ほら、次のシ・ゴ・ト」

ほんとうだろうか。思いつつも立ち上がる。意味不明なファッション用語に出くわすたびに、アイドルグループの区別がつかなくなるたびに、気安く呼びつける人だ。A案とB案のデザインで迷うときも手招きされるが、「B」と答えると「やっぱAだよな」と言うのももはや定番。できるだけ聞こえないふりで通してしまいたい。

神保町《じんぼうちょう》にある雑居ビルの三階、エレベーターを挟んで東側の半分を占めるのが、香留の勤める「チドリ企画」だ。ウェブサイトにはもっともらしくコミュニケーションサポート業と謳《うた》っているが、要はなんでも代行業。イベントを仕切ってみたり、セミナーをとりまとめたり、カタログやパンフレット、フォトアルバムを製作したり、社史編纂《へんさん》を引き受けたり。社員は今のところ十八名。アルバイトやパート社員も必要に応じて雇《やと》う。

今年二十五歳になる香留も大学時代にバイトとしてセミナーを手伝った。説明会場のセッティングやレジメの印刷、講師役へのお茶出し、受付など、もっぱら雑用係として走り回った。少しは使えると思われたのか、正社員募集を聞きつけて就活のさなかに押しかけると、ぎりぎり採用枠に滑り込ませてくれた。

「手作りおもちゃのイベント、終わったんだよな」

「そのあともしっかり営業をかけるようにって、富島さんが言ったんですよ。今、メールを書いているところです。夏休みに向けて、朝顔の育て方や盆踊り講習会なんかいいと思うんですよね。ほんとうは『町内おもしろ歩き』みたいなのをやりたいんですけれど。あそこ、意外と雰囲気のあるレトロモダンな建物があるんですよ」

「ふーん。レトロねえ」

先週の日曜日、都内にある商店街から相談を受け、おもちゃ作りのイベントが開かれた。メインの担当は先輩だったが香留も準備から関わり、当日はウサギの着ぐるみ姿で子どもの相手をした。

「盆踊りもいいが、次は鎌倉《かまくら》に行ってみないか？　雪で作るカマクラじゃないぞ。神奈川県にある古都《こと》鎌倉だ」

「私が？」

「おれや松川《まつかわ》が進めている社史編纂の仕事、おまえも知ってるだろ。その縁続きで、個人的な回想録作りを頼まれた。相手はオーナー一族の大奥さまだ。都内に本宅があるが、ここしばらくは別宅で趣味の日本画などを描いてらっしゃる。週一でそこに出かけ……」

「やります。それ、私にやらせてください。おもしろ――」

ぎょろりとした目玉に睨まれ、「そ」が固まった。

「遊びじゃないからな」

「もちろんですよ。ちゃんとばっちり、誠心誠意、頑張ります」

打ち合わせやら下見やら営業やらで社員は出払い、昼間のオフィスはがらんとしているが、事務作業などでデスクに残っている数人が、とたんに含みのある視線を向けてきた。ウサギの尻尾《しっぽ》を直せよ、警察沙汰はクビだぞと野次《やじ》まがいの声も飛んでくる。着ぐるみの尻尾がちぎれたのは悪ガキのせいで、警察のお世話になったのは早とちりのおばさんのせいだ。

「ああ、世田谷《せたがや》ではやってくれたんだよな、おまえ」

「ちがいますよ。道に迷っているお年寄りがいたので、おうちまで送っていったらこれがもうすばらしい大邸宅で。まあまあお茶でもと手招きされて応接間にあがったところ、いきなり中年のご婦人が現れて、あなたは誰と騒ぎ出し」

「とにかく、家をまちがえるな。表札を五回は確かめろ。お手伝いさんがいるだろうから、チドリ企画の名前を出してきちんと挨拶しろよ。もとになっている社史編纂の仕事は、社長が請け負ってきただいじな案件だ。ここを作るときに世話になったお偉いさんの口利きだそうで、顔を潰すわけにはいかない。おまえも決して粗相《そそう》のないように。服装にも気をつけろ」

わざとらしいしかめっ面《つら》が、香留を眺めまわす。

「その、蟬《せみ》の抜け殻みたいなすけすけのブラウスと、短いズボンはやめろ」

「えーっ」

「何が『えーっ』だ。きちんとしろ。少しでも賢く見えるように。できるかぎり品良く。先方の希望は女性なんだよ。男でいいならおれが無理してでも引き受けるんだが」

「スカートを穿《は》きます。持っています」

「あれはダメだぞ、もっこりしたふりふりのミニスカート」

すけすけだの、もっこりだの、品格からほど遠い言葉を連発する富島から、香留は依頼人情報をもぎ取り自分の机に引き上げた。

外山志保子《とやましほこ》さん。昭和十六年生まれ。御年七十三歳。二十二歳で江本義之《えもとよしゆき》氏と結婚。義之氏は入り婿となり、海運業で財をなした外山家の事業を先代から引き継いだのち、十四年前に死去。現在は長男である利一《りいち》氏が当主を務めている。

ご本人は各種慈善団体で活動する傍ら、趣味の日本画において日展《にってん》入賞を果たし、若き芸術家の育成にも尽力。今は鎌倉の別宅にて悠々自適な日々を過ごしている。

素晴らしい。いいところの奥さまであることがあますところなく伝わる経歴だ。どんな話を聞かせてくれるのだろう。

窓の外には左右のビルが邪魔するのでせせこましくはあったが、爽やかな五月の空が広がっていた。香留は期待に胸を膨らませた。

新しい仕事を始めるにふさわしい、若葉の季節だった。


それからも富島にはさんざんダメ出しをされ、お辞儀の角度から敬語のチェックに始まり、迷彩柄のジャケットはどうかしているだの、豹柄《ひょうがら》のバッグはやめろだの、網タイツはありえないだの、リラックマの筆記具は没収だの、持ち物にまでやかましい。しまいにはバイトの子が着てきた、リクルートファッションを強要されそうになる。はいはいと受け流し、初日の朝は必ず会社に寄るようにとの厳命も無視し、バスの時間があるからと家から東京駅に直行した。

鎌倉市内と言っても最寄り駅は鎌倉駅ではなく、ふたつ手前の大船《おおふな》駅だ。そこからバスに乗り換える。ご自宅訪問の約束は午後二時だったので、香留は早めに大船駅に到着し、ランチをすませてから十三時十五分発のバスに乗り込んだ。

駅前ロータリーを離れてすぐ、バスは狭い路地に分け入り、アップダウンをくり返す。くねくねした道路の上には灰色のレールが並行し、大船駅と江《え》の島《しま》を結ぶ湘南《しょうなん》モノレールが走っていた。どうせならあっちに乗ってみたかったが、外山邸のある鎌倉山近くにはモノレールの駅がない。

やがてバスは深沢《ふかざわ》というところを過ぎ、ゆるやかな坂道を登りきって「鎌倉山」の停留所に到着した。香留の他、中年の男女が数人降りた。

ネットで調べたところによれば、付近一帯は歴史ある別荘地とのことだ。今ならば大船も鎌倉も小一時間で都内に出られる通勤圏内だが、昔は休暇で訪れるような郊外だった。昭和初期に大船から鎌倉山の麓《ふもと》を経て江の島につながる道路が開通され、それに伴い宅地開発が進むと、風光明媚な丘陵地帯は別荘地として人気が高まった。遠くに富士山、眼下に江の島という絶好のロケーション。

政財界の大物や元華族といった由緒《ゆいしょ》ある家柄の人たち、小説家、芸術家、人気女優など、こぞって別荘を構え、避暑地あるいは避寒地として利用した。外山邸もその中の一軒だ。

香留は印刷してきた地図を片手に、バス道路を横断して急な坂道を上った。細い路地を曲がるとみるみるうちに道幅が狭くなり片側は竹林。家屋はところどころに見えるが、りっぱなお屋敷にまじってごくふつうの一戸建てもある。富裕層のみが暮らす超高級住宅地というわけでもないらしい。

道なりに進み、開けた高台に出て「おおっ」と声をあげた。初夏を思わせる海がうららかに輝いていた。白い灯台を載せた緑色のかたまりは江の島だ。思ったよりずっと近い。視線を巡らせれば富士山らしい稜線《りょうせん》がかすかに見えた。

外山邸はバス停から徒歩十分ほどの場所にある雑木林の向こうで、道路に面して鉄格子の門とコンクリートの門柱をみつけた。表札には「外山」とある。傍らの住居表示板からしてもまちがえていない。呼び鈴を押すと、しばらくして女の人の声がした。社名を告げ、待つこと数分。エプロン姿の女性が現れた。四十代半ばだろうか。化粧っ気の薄い、きびきびした雰囲気の人だ。

にこやかな笑顔と共に、門を開けて招き入れてくれた。車がそのまま入れるような幅広のアプローチを歩くとカースペースが見えてくる。来客分もあるようで、四、五台は駐《と》められる広さだ。一台だけ、黒塗りの大きな車が駐《と》まっていた。まわりに背の高い木々があるので道路からは駐車場さえ見えない。

そこからも道幅は広く、やっと見えてきた建物の前まで車が回せるらしい。専属の運転手がいて、お客さんや家人たちは玄関先で乗り降りするのだろう。そういった暮らし向きが想像できるような、風格ある家屋敷が香留を出迎えた。

瀟洒《しょうしゃ》な洋館というより、重厚な山小屋風。ベージュ色の外壁に焦げ茶色の板壁が真っ直ぐ縦、あるいは斜めにあしらわれ、力強い。かと思うところどころに赤茶色の煉瓦《れんが》が貼られてモダンな印象を与える。年月を経て、褪色《たいしょく》しているところもまた趣《おもむき》を深めていた。

「りっぱですね」

エプロン姿の女性が誇らしげにうなずいた。玄関近くに咲き乱れるのは白と紫色の小花で可憐《かれん》だ。

「建てられたのは昭和初期だそうです」

「えーっと、七、八十年前?」

「ですね。当時からの建物で残っているのは、このあたりでもごくわずかなんですよ。戦前に内閣総理大臣を務められた、近衛《このえ》公爵のお住まいも近くにあったそうです。今はもう」

残念そうに首を横に振る。

まわりに他の建物が見えないので、見知らぬ土地のかつての時代に彷徨《さまよ》い込んだ錯覚すらおぼえる。香留が調べた中には、GHQ接収時にアメリカ人が卓球を楽しんだという屋敷もあった。日本が太平洋戦争に負け、アメリカ軍に占領された時代の話だ。

「参りましょう。大奥さまがお待ちです」

リクルートファッションは全力でパスしたが、富島の押しつけもあながち外していなかったかもしれない。タイトな濃紺のスーツはクラシカルなお屋敷に似合いそうだ。今日の香留の装いは、千鳥格子《ちどりごうし》のスカートに白いボウタイのブラウス、襟なしのジャケット。歩いてきたので、五月の陽気に少し汗ばむ。

玄関ホールの窓にはステンドグラスがあしらわれていた。磨き込まれた床や柱に美しく映《は》える。廊下にはひと抱えもあるような生花がゴージャスに飾られ、百合の香りが鼻をくすぐる。室内は静まりかえっていた。

「奥さまは応接間にいらっしゃいます」

用意してもらったスリッパに履き替え、薄暗い廊下を進み木製ドアの前に立つ。お手伝いさんがノックをしたのち、真鍮《しんちゅう》のノブを回して中に入った。

広々とした絨毯《じゅうたん》敷きの板の間だった。ソファーセットがゆったり配置されて、壁際に大きな暖炉が見える。焦げ茶色の飾り棚の上には古めかしい置き時計や何かしらのトロフィー、花瓶が並び、床の間はないのに掛け軸らしいものが下がっている。

肝心の奥さまの姿はなく、首をひねりかけていると窓辺へと案内された。庭に突きだしたかっこうでサンルームが設けられている。つやつやした緑の葉が茂り、ランの花が咲きほこる小さな楽園のような場所に、丸テーブルと籐《とう》椅子があった。銀髪の老婦人が腰かけている。

外山志保子さんだ。アイボリーのカットソーと同系色のロングスカートをまとい、肩にふんわりとした薄物のショールをかけている。ノーアクセサリーのシンプルな装いながら、自宅でのくつろぎにふさわしく自然で品がある。お年を召していても、整った目鼻立ちであることは窺い知れた。お生まれの良さだけでなく、容姿にも恵まれていたらしい。

「ようこそ。お待ちしてたわ」

張りのある聞き取りやすい声が、香留の耳に滑り込む。

「こ、このたびは弊社にご依頼をいただき、まことにありがとうございました。私、中根香留と申します」

らしくもなく上がってしまい、名刺を差し出す手つきがまったくの新入社員だ。初回はぜひとも同行してご挨拶したいと富島は申し出たが、堅苦しいのは遠慮したいと断られている。

志保子は名刺を受け取り、優しく微笑《ほほえ》みかけてくれた。目尻にも頬にも深い皺が寄るが、愛嬌が出てかわいらしい。

「香りを留めると書いて、かおるさんと言うの？　素敵なお名前ね。どうぞ、お座りになって。遠かったでしょう。こんな山奥までごめんなさいね」

「とんでもないです」

お手伝いさんは心得たもので速《すみ》やかにさがり、あとに残された香留はかしこまりながらも向かいの椅子に腰を下ろした。書類を入れたトートバッグを提《さ》げていたが、それを膝に載せてから、床に置くべきだったかと下ろす。

「そんなに硬くならないで。あなたがのんびりしてくださらないと、わたしもおしゃべりしにくいわ。回想録なんて、たいそうなものをお願いするつもりはないの。とりとめもない昔話をスケッチ画みたいに、想い出帳に残しておきたいと思って。おかしいかしら」

「いいえ。なんなりとお申し付けください」

すでに前金として破格の報酬が振り込まれていた。鎌倉山への出張費や交通費はたっぷり含まれている。ご機嫌を損ねての途中キャンセルを富島はおそれているが、志保子の第一印象は幸い、気むずかしそうではない。

「甘い物はお好き？」

先ほどのお手伝いさんが紅茶と焼き菓子を持ってきてくれた。

「ええ。大好きです」

「よかった。たくさん召し上がれ。若い人に美味《おい》しいものをふるまうのは、年のいった者の楽しみよ」

志保子は繊細な手つきでティーカップを持ち上げ、琥珀《こはく》色のお茶を揺らしながら、香留のことを尋ねてきた。出身地や家族構成、学校での得意科目、不得意科目、好きな音楽、本、今の会社をなぜ選んだのか。どんな仕事をしてきたか。

張り切って答えると、楽しそうに目を輝かせたり、「まあ」と声を上げて驚いたりと、聞き上手でもある。紅茶は香り高く、お菓子は美味しい。日当たりがよいので汗ばんでしまい、それだけが困りものだったが上着を脱ぐようにすすめられ、ブラウス一枚になるとサンルームはさらに心地よい。

十センチほど開けられたガラス窓から風が入り、その風は美しい芝生の庭からそよいで来るのだ。庭には木製のベンチや藤棚、噴水らしきもの、花々の咲き乱れる花壇が見える。どれくらいの広さなのか見当もつかない。小学校の校庭くらいはありそうだ。

「インタビューのお仕事もされているのね。だったら心強いわ。あなたにはここでわたしの話を聞き、ほどよく文章にしてほしいの」

「よろしくお願いします。頑張ります」

「こちらこそ。上司の方はずいぶん心配してらしたけど」

ろと。

「男の人はそうよ。自分がちゃんとみてやらなきゃうまくいかないと思っているの。思わせておきなさい。報告書でもレポートでも、気の済むまで見せてあげるといいわ」

それはまさに、言われていることだった。訪問するたびに逐一、克明な報告書を提出しろと。

「よろしいのでしょうか。いろいろ恐縮です」

「あら、やっぱり。大丈夫よ。何を書いても、誰に見せても、うるさいことは言わないから安心して。そうだ。どうせなら雑談を含めて、あなたの見聞きしたことをみんな書き記して、わたしに同じものを送ってくださる？　ちょうどいい備忘録《びぼうろく》になるでしょ」

「喜んで。毎週必ずお送りします」

志保子は満足げにうなずいて、視線を庭へと向けた。深い木立に囲まれ、独り占めするのが贅沢なほどの眺めなのに、少し寂しげな横顔になる。

「わたしね」

「はい」

「この庭で、なくしてしまったものがあるの」

なんだろう。

「いつもなんです」

「あなたにはそれを一緒に探してほしい。今でも気になって忘れられない。たったひとつの心残りなのよ」

別荘で悠々自適な日々を過ごす優雅な身の上を思うと、羨《うらや》ましい以外の言葉が出て来ないが、志保子はもどかしげに唇を結び、眉間に皺まで寄せていた。奥さまなりの本気があるらしい。

望むところだ。過去への扉とやらがあるのなら、力いっぱい押し開けてみよう。

2.

二度目の訪問時、さっそくICレコーダーのスイッチをONにした。

「何から話せばいいのかしら」

そんなふうに志保子は語り始めた。

＊　　＊

わたしの生まれは昭和十六年。誕生日は九月五日よ。父は敬一郎《けいいちろう》、母はマチ子《こ》。きょうだいは九つ離れた兄がひとり。ほんとうならもうふたり、わたしにとっては兄と姉がひとりずついたんだけれど、小さなときに亡くなったと聞いているわ。昔はよくあることだったの。

　今でもほんとうに残念よ。生きていればと思ってしまう。言ってもしょうがないことね。ともかく物心ついたときから、わたしのきょうだいは長男である宗太郎《そうたろう》ひとりきりだった。

　生まれたのは昭和十六年といったでしょ。その四年後の八月、日本は終戦を迎えた。だから、わたし自身は戦争の記憶はあまりないの。知り合いを頼って新潟に疎開していたのを少し覚えているくらい。東京に戻るとかつての家屋敷は空襲に遭い、西側の半分が燃え落ちてた。でもすべてを失ったわけではなく、八王子《はちおうじ》にあった繊維《せんい》工場や倉庫群は無事だったので、それを足がかりに父は事業を再開し、翌年には東京の家も改築できた。

　鎌倉の別荘は差し押さえられていたけれど、ほとんど無傷で取り戻すことがかなった。わたしは小学校の頃から遊びに来ては野山を駆け回ったものよ。海にもよく行ったわ。

　昭和二十年代は敗戦から一転、新しい国作りに向けて動き出す、初めの一歩のような時代だった。そのあとに続く猛烈な高度成長の、いわば助走みたいなものね。敗戦の屈辱や喪失感。勝者である欧米諸国の圧倒的な強さ。まぶしさ。それらを噛みしめながら、生き残った人たちはひた走ったのよ。

けっして命の脅《おびや》かされることのない、満ち足りた輝かしい日々に向かって。そういうものがあると信じて。戦後、欧米風の自由というものを知り、誰でも幸福を追い求めるチャンスはあるんだと思ったんじゃないかしら。でもじっさいはどうだったのか。

あら、むずかしいことを言っている？　わかりにくい？

どうしたの、首を傾げたりして。今、不思議そうな顔をしたでしょ。

隠さなくていいの。怒ったりしないから、気になったことは話して。

＊　＊

香留は曖昧《あいまい》に微笑み、肩をすくめた。

「失礼かもしれないんですけど」

たいしたことを思ったわけではない。

「志保子さんは裕福なおうちに生まれたお嬢さまですよね。でもしっかりしてるなと思って。すみません。しっかりしてらっしゃる、です。もっとふわふわと美味しいものを食べ、きれいなものを見て、聴いて、おほほほほ、ようこそごきげんようと、雲の上で暮らしてらっしゃるとばかり思っていました」

それこそ、元気よく志保子は「おほほほほ」と笑った。

場所は一回目と同じサンルームだった。雲の多い日だったので薄日が差す程度だったが、ミントティーが爽やかで気持ちいい。添えられたお菓子はブルーベリーの入ったパウンドケーキだった。運んできたお手伝いさんは直美《なおみ》さんだと紹介された。

「長く生きていると、見えてくるものや気がつくことがあるのよ。でも若い頃もふわふわしてるだけじゃないのよ。厳しくしつけられ、お勉強や習い事もきちんとやらなくてはならない。好き勝手にはできないの」

それはなんとなくわかるような気がした。お嬢さまなりの息苦しさやプレッシャーはあるだろう。

「わたしは女だから、いずれ他家にやらなくてはならないと思われていたし」

「お嫁にいらっしゃるおつもりだったんですね」

流れでもって口にして、内心しまったと思う。微妙な問題であることは香留も気づいていた。長男がいたはずなのに、妹である志保子が婿を取って家を継いでいる。何事かがなければおかしい。

志保子は庭を眺めながら細く息をついた。今日はペイズリー柄のブラウスを着て、エメラルド色のイヤリングをつけている。色白なのでとてもよく似合っていた。七十歳を超えているのに話は明瞭で、たまに固有名詞が出てこなくても、人差し指を顎にあてがい首をひねる仕草がチャーミング。話そのものはほとんどもたつきがない。たまに途切れるのは、よぎる想い出のせいだろう。できれば自分もこんなふうに年を取りたいと思わせる人だ。

ミントティーをそれぞれ口に含む。

「ここで戦後日本のことを語ってもしょうがないわね。そういうのは他の方に任せるとして、あなたにはもっと個人的なことを話さなくては」

「申し訳ありません。話の腰を折ってしまって」

「いいえ。そんなことないわ。思ったことはこれからもどんどん言ってね。先週のレポートを拝見して、あなたにお願いしてよかったと思っているの」

「ほんとうですか。ありがとうございます」

ここはぜひとも録音した生の声を富島に聞かせたい。

「わたしは『生い立ちの記』を作りたいわけではなく、長いこと気になっているのはほんの一日、いいえ、一瞬かもしれない。それくらいあっという間の出来事よ。日付で言うと、昭和三十年の七月二十四日。夏休みが始まってすぐの頃ね。わたしは十三歳の中学生だった。兄は二十三歳。大学を出て父の会社で働き始めていたの。そして、とても心惹かれる女の人がいたわ」

＊　＊

お名前は神坂統子《こうさかとうこ》さんといって、それはそれはお綺麗な方だった。兄より二つ下だから、その頃二十一歳かしら。楚々《そそ》とした美しさというより、色鮮やかな夏の花のような、強い輝きを持つ人だった。

彼女がいるだけで、あたりがパッと明るくなるの。そして自由闊達《かったつ》。自分の言葉ではっきり物を言う、恐いもの知らずな方でもあった。神坂家も戦前から栄えた名家だから、ふつうに考えれば生意気で我儘《わがまま》なお嬢さまの典型例かもしれない。けれど開けっぴろげで無邪気なところがあって、憎めないの。テニスやダンスもお得意だったけど、一番お好きなのは愛犬とのかけっこですって。泣きべそをかいた近所の子どものために、木によじ登ってカブトムシを捕ってきたこともあった。

多くの殿方がそりゃもう夢中だったわ。信奉者というか、おとり巻きというか、いつもいっぱいいいた。兄もそのひとりよ。そしてみんなの関心事は当然のように、統子さんの心を誰が射止めるか、だった。その頃女子大に通われていて、卒業までにどなたかと婚約するというのがもっぱらの噂だったから。

候補は何人もいたけれど、一番有力だったのがわたしの兄。

持ち前の魅力でガンガン迫り、気まぐれな女王さまの心を勝ち取った、というなら愉快なのだけど、残念ながら兄は奥手で不器用な人だった。気の利いた誘い文句なんか、逆さにしても出てこないわ。何カ月もかかって選んだお誕生日プレゼントを、どうやって差し出したらいいのかわからず、半年後にやっと渡せたという話も聞いた。純情だけで歓心が買えるなら、そりゃあ兄が一番だったのかもしれない。

ふたりの縁談がにわかに具体化したのは、ひとえに家の力よ。統子さんへの兄の気持ちを、神坂家の人たちは喜んだ。願ってもない良縁として積極的に進めたの。その頃の外山家は事業の拡大に成功し破竹《はちく》の勢いだった。神坂家以上の縁組みも考えられたけれど、本人が望んでるなら大目に見てもいいと、父は思ったんでしょう。結婚を機にせいぜいやる気を出してほしい、と。

わたしはその頃まだまだ子どもだったけれど、大人の思惑についてはまんざらわからないではなかった。だから少し心配で、不安でもあった。

統子さんとは顔なじみで、いろいろかわいがっていただいていたのよ。おしゃれな方だったから、服装についてアドバイスをくださったり、髪を愛らしく編んでくださったり、アクセサリーやハンカチなどの小間物をいただいたり。統子さんご自身には妹さんがいらしたけど、お母さまがちがうそうで、あまりうまくいっていないようだった。わたしの方が気楽に接することができたんじゃないかしら。

手を繋いで歩いた片瀬《かたせ》海岸を今でもよく覚えている。おそろいみたいなワンピースを着て、一緒にアイスクリームを食べて、いつまでも水平線のヨットを眺めた。波の音が聞こえ、飛び交うカモメが見えて、潮の匂いのする風が頬やおでこを撫でていくの。目を閉じると瞼《まぶた》に金色の光がまたたいた。

わたしにとって統子さんはあの日の海そのもの。自由で捕らえどころがなく、眩《まぶ》しくて美しい。兄だけでなく、わたしもファンだったのよ。

だから兄と結婚し、ほんとうのお姉さまになってくださったらどんなにいいだろうとは思った。仲のいい友だちに縁談の話をこっそり打ち明けて、得意がったものよ。統子さんの写真を見せびらかしたこともあった。

だったらなぜ不安だったかといえば、それは相手がまさに統子さんだから。兄のことを恋人として見てないのは十三歳のわたしにもよくわかった。常々、身を焼くような恋がしたいとおっしゃっていたの。すべてを捨てて着の身着のまま愛する人のもとに走る、安穏《あんのん》な生活より苦難の道を選ぶと熱く語ってらした。

兄には、そういったドラマチックな要素、まったくなかったわ。

それでも話は進んだの。表面上はつつがなく、着々と。漏れ聞こえたところによれば、統子さんはずいぶん抵抗したそうよ。大学を卒業したら働きたい、アメリカに留学したいと訴えたんですって。それはそれで統子さんらしい。でもお父上は聞く耳を持たず、断固として推し進めた。せっかくの良縁が娘の我が儘でご破算になったら、メンツは丸つぶれですものね。体面だけでなく、外山家の不興を買ったら事業面でも打撃を受けかねない。当時はそういう力関係だったらしい。

統子さんの気持ちを無視して、結納《ゆいのう》の日取りは十月半ばと決まった。挙式は翌年の四月。外山家の威信をかけた大がかりなものになるそうで、東京の家には早くもお祝いに駆けつける人がいた。わたしの見た限りでは、兄は幸せそうだった。強引な結婚だと頭でわかっていても、意中の人を伴侶に迎えられる喜びは何物にも代え難かったんでしょう。よい夫婦になりたいと、お客さま相手に語っているのも聞いた。統子さんの気持ちが少しでも上向くようにと、新居やハネムーンについてもせっせと下調べをしていた。

そして結納の日取りが決まった頃、鎌倉の別荘でサマーパーティーが開かれることになったの。

ここよ、そう、この場所で。

親しい方たちが集い、和やかなひとときを過ごす外山家主催のイベント。春と秋は大人が中心となったガーデンパーティーで、少しは格調高く、野点《のだて》やクラシックのコンサートなどが催されるけれど、夏は若い人だけでたいていバーベキュー。ジャズバンドを入れた年もあった。

昭和三十年の夏も、前の日から兄が友だちを連れてやってきた。同い年の名木田洋介《なきたようすけ》さんと西山牧雄《にしやままきお》さん。そして統子さん。洋介さんはすらりとした素敵な方で、牧雄さんは小柄でがっちりした体格の人だった。

わたしは夏休みが始まってすぐこちらに滞在していたので、到着した気配に降りていくと、牧雄さんは「よう」と手を振り、洋介さんは「お土産《みやげ》だよ」とお菓子の箱を持ち上げた。ふたりともよく遊びにいらしてたから顔見知りなの。統子さんだけは少し疲れた顔をされていた。車に酔ったとのことで、ゆっくり休むようにと兄が二階の客間にお連れしたわ。

一階の応接間ではさっそく翌日の打ち合わせが始まった。パーティーの段取りを確認し、最終の来客リストを作り、誰が何を担当するのか決めて、余興についてもアイディアを出し合って。わたしももちろんホステス役よ。鎌倉で知り合った同年代のお友だちがいたから、その仲良しさんにも来てもらった。

話し合いが一段落してからは、庭に出てもう一度手順のおさらい。当日はテントを張って、椅子やテーブルも並べるの。幸い、数日は雨の心配がなかったから、物置からもう出してしまおうかという話にもなった。

わいわいやってたら、二階の窓辺に統子さんが見えた。カーテンを寄せて窓を開けたから、わたし、名前を呼んだわ。

統子さん、って。

そこの花壇の向こうよ。背伸びをして大きく手を振った。

統子さんは気づいて、微笑んでくれたと思う。離れていたからはっきりとは見えなかったけど、きっとそうよ。白い華奢《きやしゃ》な手が胸の高さで左右に動いた。

お加減はいかがと声を張り上げたら、大丈夫よと聞こえた気がした。水玉模様のブラウスを着てらしたかしら。長い髪の毛をゆるやかにカールさせて、窓からの風になびかせて。

それが、統子さんを見た最後だった。

3.

八月に開催されるセミナーを任されたものの、講師役の調整が難航《なんこう》していた。「定年後からの起業」というテーマで三日間の集中講座だ。依頼主からの希望を受け、香留はテレビ番組にときどき顔を出す起業コンサルタントに掛け合った。

快諾《かいだく》を取り付けてほっとしたのもつかの間、直前に入っていたアメリカでの仕事がずれて、帰国するのがセミナー初日の早朝になるという。本人はぶっ続けの仕事でもかまわないようだが、事前の打ち合わせがほとんどできない上に、交通機関などのアクシデントが恐い。飛行機が数時間遅れたらアウトだ。ぎりぎりの危ない橋は渡りたくない。ここは無理せず、確実な人に変更するのが賢明だと思う。

香留は状況を説明し交渉したが、先方はうんと言ってくれない。参加者数を気にしているらしい。実績のある人をピックアップしながら、当初の人にも再度相談することになった。

「中根」

直《じか》に会って話せるよう、面談の時間を決めたところで、富島に呼ばれた。

「四時から五時までは空いているそうなので、今日の夕方、出かけてきます」

「セミナーの件か。ああ。うまいこと調整してくれよ。それはそれとして、大奥さまのお話、どうなってんだ？」

富島はデスクの上に置いた自分のパソコン画面を指さした。先週の木曜日に訪問したときの志保子の話らしい。克明な報告は富島と志保子に送付してある。

「どうって?」

立ち上がってデスクに歩み寄り、首をひねった。

「とぼけるなよ。いいところで終わってるじゃないか。奥さまが、統子さんを見たのはそれが最後って、どういう意味だよ」

「さあ」

とたんに富島が腰を浮かし手を伸ばしたので、香留はよけるポーズで体を後ろに引いた。

「話はそこまでなんですよ。私だって驚いて、『えっ』って声を上げましたよ。どういう意味ですかと、同じことを聞きました。でも志保子さんは遠い目をして庭をごらんになったきり、何もおっしゃらなくて。心ここにあらず、ってやつです。しばらくぼんやりしてから、今日はここまでにしましょうと」

「そんなあ」

「ですよね。最後ってなんでしょう」

「生きている最後か?」

声をひそめて富島は言う。香留もまわりに目を走らせ、同僚たちがてんでに自分の仕事をしてこちらにまったく関心を向けていないのを確認してから、富島に顔を近づけた。

「と言うことは、統子さんはつまり……」

「だな。別荘地の大きなお屋敷で、美貌の女性の身に何かが起きたと言えばやっぱり」

富島の手が自分の首をぎゅっと締め上げるまねをする。

「刃物もありえるか。ぐさっ、うっ。血しぶきがどばっ」

「やめてください」

「なんだよ、自分だって同じことを考えただろ」

「いやいやいや。今週も行かなきゃいけないんですよ。生々しいのはパス」

「勝手なやつだな。今に始まったことじゃないけど」

ぶつぶつ言いながらも富島はキーワード検索をして、「神坂統子　事件　死」に、めぼしい情報を見つけられず頰杖をついた。

「それっぽいのは出てこない。昭和三十年だと無理か」

「殺人事件とは限らないですよ。志保子さんの前から突然いなくなった、どこかに行ってしまった、ということでしょう?」

「もしかして、男と手に手を取って……駆け落ちか」

香留はすかさずうなずいた。恋のためならすべてを捨てると豪語していたお嬢さまだ。状況は整っている。

「なるほどな。でもどうして鎌倉山の別荘からだ？　人んちで、しかも真っ昼間だったよな」

「夕方よりもう少し早い時間ですね」

「ふつうは人目を忍んで夜中か明け方だろ。身の回り品を持って行くためにも自分の家から出て行く」

「そうせざるを得ない突発的な出来事があったんじゃないですか」

「やむにやまれず予定を早めたのか。もしくはあまりにも良い条件が揃い、そのタイミングを逃すことができなかったとか」

「いいですねえ。あるいはすべてをひっくるめて計画通りだったのかもしれません。みんなを油断させ、別荘の近くで誰かと落ち合う手はずだった」

いずれにせよ志保子には大きな打撃だっただろう。十いくつの少女らしく、素直に無邪気に親愛の情を寄せていたところ、いきなり目の前からいなくなってしまう。それも楽しみにしていたバーベキューの前の日だ。

不意を突かれて、裏切られた恰好ではないか。あの流れではきちんとした別れの言葉もなかっただろう。いったい何があったのだろう。

富島に背中を叩かれるようにして、翌々日の木曜日、香留は鎌倉山に出かけた。三度目の訪問だった。

ツツジの花が盛りを終え、いつの間にか紫陽花《あじさい》がつややかな緑の葉を広げていた。のぞきこむと小さな花芽《はなめ》が見える。家々の庭にはバラの花が色とりどりに咲いていた。立ち止まり目を閉じると甘い匂いがほのかにたどれる。

外山邸の庭もそれなりに手が入っているのだろうが、きちんと整えられているのは玄関まわりや花壇だけで、あとは自由気ままに枝葉を伸ばし、花を付け、敷地を取り囲む山へと溶け込んでいた。野趣《やしゅ》あふれるというのかもしれない。

お手伝いさんである直美に案内され、香留はいつものサンルームに通された。透かし編みのサマーニットを来た志保子は顔色もよく、

「まあかわいらしい」

開口一番、ミニ丈のワンピースを褒められた。初回こそ富島に言われて無難な恰好をしていたが、二回目から自由に選ばせてもらい、鎌倉山お嬢さま風ファッションを香留なりに楽しんでいた。

冷たいアイスティーとスコーンが運ばれてきた。ジャムと生クリームが添えられている。もはやこれも楽しみのひとつだ。香留はちょっとした雑談を交わしつつ、筆記具とレコー

ダーの用意を調えた。

＊　＊

この前は話の途中で止めてしまい、ごめんなさいね。

え？　上司の方が続きを気にしていたって？　それはしてやったり。つまらない話であくびをされる方がいやだもの。

きちんと話がまとまったら、冊子にしてわたしの誕生パーティーで配ろうかしら。そのときは別途、特別料金をお支払いするわよ。力を貸してね。

肝心の話の続き、庭のあのあたりに立ち、二階の窓辺を見上げたところまでだったわね。

そう、あの言葉の通りよ。

わたしが統子さんをこの目で見たのは、昭和三十年の七月が最後。まさかそんなことになるなんて、思いもしなかった。

順を追って話しましょうね。

わたしが声をかけてからしばらくして、兄が統子さんの様子を見に行ったの。気分が良くなったら降りてくるだろうと思ったものの、一度窓辺に立ったきりで現れる気配がない。

心配になったんでしょう。ノックして客間に入ってみると、なぜかもぬけの殻。名前を呼びながらきょろきょろして、念のため隣と向かいの部屋ものぞいてみたけど誰もいない。近くにお手伝いさんがいたので聞いてみると、自分は小一時間ほど照明の掃除やら花瓶の花の入れ替えやらで廊下にずっといた。その間、どの部屋のドアも開いてない。統子さんの姿は見てないと言う。

　彼女が窓辺に見えてから、一時間も経ってなかった。おそらくは三十分くらい。部屋の出入りは廊下に面したドアのみ。部屋にいないなら、出たとしか考えられないのに、お手伝いさんの目には触れてない。

　おかしな話だけど、誰にだって見落としはあるでしょう。お手伝いさんの気づかぬうちに通り抜けたのかもしれない。兄はそう思って一階に降り、心配顔で寄ってきた洋介さんと牧雄さんにたった今のことを話した。ふたりは首をひねり、兄に代わって二階を見に行った。けれどやっぱり統子さんはみつからない。

　階段は玄関近くにあり、その玄関では別のお手伝いさんが仕事をしていたの。こちらは複数で、やはり統子さんを見ていない。まるで隠れんぼみたいだねと、兄もこのときまでは笑っていたわ。わたしもそれを見ている。そして本格的に統子さん捜しが始まったの。だんだんと熱を帯びていったわ。次第にみんなの顔から笑みが消えて、余裕がなくなり、屋根裏や物置、縁の下や車庫まで、思いつく限り捜しまわった。わたしや友だちはバス停まで走ったわ。翌日の準備どころじゃない。総出で庭の隅々まで見たけれどいなくて、日が暮れても手がかりひとつ得られない。

兄は母に連絡し、父への伝言を頼むと同時に、統子さんのご実家にも事態を伝えたわ。あちらはあちらで驚き、たぶん青くなったでしょう。父と連絡が取れ、統子さんの実家と相談し、ともかくひと晩、待ってみることになった。わたしは所詮子どもだったのか、寝付けない夜を過ごしながらも結局、眠ってしまった。

翌朝、目覚めても統子さんの行方はわからず、午前中に父と母がやってきて警察に通報したの。と言っても、統子さんは二十歳を超えた大人ですもの。若い女性の安否に、こちらはものが喉を通らないほど気を揉んでいるのに、警察はもっともらしく唸るだけ。今のところ事件や事故の報告はありませんと教えてくれるだけ。そばで見ていたわたしですらもどかしかった。

それで、どうなったか。

待って、お茶を一口飲みましょう。

ああ、冷たくて気持ちいい。

神隠し？　ええ、そんなふうにも言われたわ。

いなくなった当日と翌日、お手伝いさんたちがこっそりささやき合うのが聞こえた。まるで神隠しみたいって。

でも三日目に、思わぬところから目撃情報が入ったのよ。

うちに出入りしていた稔《みのる》さんって庭師が、騒ぎになる少し前に、裏庭で統子さんらしい女の人を見かけたと。

はっきり顔を見たわけじゃないし、あれよあれよという間に大ごとになり、あやふやなことは言いづらかった。さらにもうひとつ、ためらったのには理由があって、その女性は男の人と一緒だったんですって。

稔さんは兄と統子さんの縁談を知っていたから、彼女がすぐに戻ってくるのなら、黙っていた方がいいんじゃないかと悩んだ。何かしら、複雑な事情があるのかもしれないと自分に言い聞かせた。

けれどいっこうに帰る気配がなく、思いあまって父に打ち明けた。わたしはその前後の稔さんの姿を見ているけれど、まるで自分が悪いことをしたかのようにうなだれていたわ。父も母も兄もさぞかし驚いたでしょうが、統子さんはすでにどこかに行ってしまったあと。別荘内にはもういない。稔さんの証言からすると、ふたりは正門ではなく裏口の方に消えて行ったそうよ。

父は神坂家にかけ合い、捜索願を取り下げた。統子さんのご両親は娘だけでなく世間の信用まで失い、我が家にいらしても謝罪の言葉が涙で途切れがち。見かねた父がもういいからと慰めるありさまだった。

兄も深い痛手を受けたわ。倒れんばかりに意気消沈し、ほんとうに寝込んでしまった。誰もが無理ないと思った。あんなにも統子さんを一途に思い続けていたんだもの。結納の一歩手前まで漕ぎ着けて、幸せな未来を思い描いていた矢先、奈落に落とされてしまった。

何よりショックだったのは、統子さんに思い人がいたという事実じゃないかしら。そういう人さえいなければ、結婚したあとゆっくりと愛情を育《はぐ》むこともできるでしょう？兄は一縷《いちる》の望みを託していたんだと思う。

けれど統子さんには好きな人がいて、熱烈な恋をしていたらしい。自分以外の男性を選んでしまった。

今よりもっともっと女性の純潔が重大だった時代よ。男性と共に数日を過ごしたなら、もうその人と結婚したも同然。取り返しがつかない。じっさい秋を待たずに縁談は白紙に戻された。

兄の枕元には洋介さんと牧雄さんがたびたびやってきて、辛抱強く語りかけ、少しでも立ち直れるよう親身になってくれた。ふたりは別荘での一部始終を見ていたから、放っておけなかったのね。兄もふたりにだけは気を許していた。少しずつものを食べるようになり、外を歩くようになり、好きな音楽も聴くようになった。

けれどほんとうの意味で立ち直ることはできず、覇気《はき》を失い、会社も辞めてしまった。

わたしがしっかりしなきゃいけなくて、その後、婿入りしてくれる人と結婚したの。

統子さんの消息はわからずじまいよ。

わたしたちの前で語る人もいないし、神坂家との付き合いも間遠になった。風の噂で聞いたところでは、アメリカに渡ったとか。だったら統子さんらしい。ほんとうにすべて
――日本という生まれ育った国まで、捨ててしまうなんて。

恋に生きるって、そういうものかしらね。

運命の恋に出会ったら、人はそんなふうになってしまうのかしら。

あの遠い夏の日、わたし自身の運命も変わったわ。

十三歳だった。

……ああ、ごめんなさい。またぼんやりして。

あれからいろんなことがあり、さまざまな出来事を乗り越えてきたんだけど、五年前にね、小田原《おだわら》の観梅会で思いがけない人と顔を合わせたの。

稔さんの娘さんよ。あの、庭師をしていた稔さん。

あちらから声をかけてくださって、父が昔お世話になりましたと挨拶された。稔さんはわたしより二十歳は年上だったかしら。でもまだそのときはご存命で、元気にしてらっしゃるとのことだった。

なんだかひどく懐かしくてね。あのとき年上だった人たちはほとんどいなくなってしまった。わたしの両親も兄も、神坂家の面々も、別荘で働いていた人たちも。

わたしは娘さん相手に、忘れられない夏があった、お父さまも覚えてらっしゃると思うと話したの。

そしたら数日後、娘さんからお電話がかかってきた。帰宅してわたしとのやりとりを話したところ、父がおかしなことを言い出した。あの証言はほんとうじゃない、と。

全身に寒気が走ったわ。

娘さんは意味を測りかねている様子だったけれど、わたしには何を指しているのかよくわかる。そのままにはしておけず、電話のあった翌日か、翌々日か、小田原まで車を出してもらい、稔さんのお宅まで押しかけたの。父の葬儀の際にちらりと顔を合わせただけで、話をするのは数十年ぶりよ。

わたしが来るというのは知らされていたから、稔さんなりに思うことはあったのでしょう。ひととおりの挨拶をすませたあと、いかにも心苦しそうに統子さんの消息を聞いてきた。わたしは首を横に振ったわ。あれきり会ってない。何も知らないと。

稔さんは深く息をついてから、ぽつぽつと当時のことを話してくれた。あの証言は、わたしの父から頼まれてのことだった。統子さんが男性と姿を消したのは間違いない。捜すべきは他の場所。でもそれを証言してくれる人がいなければ、外山家にいつまでも疑いの目が向けられる。迷惑を被ったという点では被害者なのに、まるで行方不明に責任があるかのように言われるのはたまらない。一刻も早く嫌疑を払拭《ふっしょく》したい。

だから、頼めないかと持ちかけられた。父に懇願されては断りにくかったでしょう。それだけではないと、稔さんは小田原でわたしに打ち明けた。独立資金の援助をほのめかされたそうよ。いかにも父がやりそうなことだわ。じっさいその後、小田原での開業にあたってずいぶんと力を貸したらしい。

稔さんは恩義を感じ、あの夏のことはお墓まで持って行くつもりだったそうだけど、父が亡くなり二十年近く経ってから、外山家の人間であるわたしに事の次第を尋ねられる。話さなくてはと思ったんですって。

自分もあのとき、統子さんの身の上に何があったのか、なぜ急に姿を消したのか、お屋敷にいないのならば、いつ、どうやって敷地の外に出たのか、ほんとうは不思議でたまらなかったと言ってたわ。

どう思う？

どんなからくりがそこにあったのか、あなたには想像つくかしら。

4.

「おーい、中根」

そろそろ来るだろうと思っていた。

仕事が一段落ついたらしい富島が缶コーヒーを傍らに置き、香留をちらりと見てからパソコン画面に向き直った。先週分の報告書を読み始めたのだろう。

香留の方の懸念、夏のセミナーについては人気講師が知り合いの同業者を紹介してくれて、その人とタッグを組んで講座を持つことになった。報酬は時間数に応じて振り分けるのでかまわないとのこと。それだと万が一、帰国が遅れても穴埋めしやすい。

依頼主も喜び、ふたりそろっての講義時間も取れるよう予算が上乗せされた。参加者を募《つの》る専用のサイトが設けられる。

「始めに言っておきますが、私にはわかりませんよ。名推理はさっぱり浮かんでません」

「ふがいないなあ。なんだよそれ。おれとちがって直《じか》に会って話してるんだろ。そこから感じ取れるものがあるはずだ。報告書以外の、言葉にならない空気があるだろ」

「ないです」

空気やニュアンスで謎が解けるなら、代行業ではなく探偵事務所に就職している。

「じゃあまた話はここまでで、おめおめと引き下がってきたわけか」

「人聞きの悪い言い方しないでくださいよ。私だって今回はちょっと頑張りましたよ。『続きは今度』と言われてから、お屋敷内を見させてもらうようお願いしたんです」

「ほう。いいじゃないか」

でしょ、とばかりに香留は胸を反《そ》らした。志保子は快く承諾してくれた。納戸《なんど》や洗面所、押し入れ、屋根裏、どこでもひととおり見てみるように言われた。香留は張り切って二階へとあがった。

階段は玄関近くにある。古いお屋敷だが造りはしっかりしているので、電気系統や配管の設備に手は入ったが、間取りを含めて屋内は建築時からほとんど変わっていないそうだ。廊下や階段の板張りからして当時のまま。もとが別荘なので使用による傷《いた》みが少なく、放置されたまま何年もおかれることもなく、適度にメンテナンスが施されたおかげで、照明や調度を含め美しく保たれている。

二階には四部屋あり、直美がついてきて細やかに案内してくれた。統子が使っていた客間は配置的にすぐわかり、入念に調べてまわった。とはいえ、作り付けのクロゼットや簡易の洗面台、猫足の鏡台、来客用のベッド、サイドテーブルが収まった八畳ほどの洋間というだけで、あっという間に見終わってしまう。窓辺から庭を見下ろしたときだけ、香留の中にも感慨がよぎった。

六十年近く前の夏、ここに立つ女性がいて、仲良しの少女に名前を呼ばれた。開け放たれた窓から微笑んで応じたのかもしれない。片手を振ったのかもしれない。ほんとうのところはわからない。少女の場所からは遠くてはっきり見えなかったから。ここに佇《たたず》む人の心の中も。

何を思っていたのだろう。二度とこの場所に戻らないことを、承知していたのか。

時を経て、庭の緑は分厚く茂り、背の低い草花も高い樹木も同じ風を受けてさざめいている。空に広がった雲からもうすぐ雨が来そうだ。

二階を見終わった後、一階に下りてきて応接間以外のダイニングルームや厨房《ちゆうぼう》、勝手口を見せてもらった。途中から志保子も加わり厨房脇の貯蔵室を面白そうに眺めていた。

「見たことは見たんですけれど、突然のひらめきはありませんでした」

「隠し部屋のあるなしは確かめたか？」

「はあ？」

気の抜けた香留の声に、富島がたちまち顔を歪めて舌打ちする。

「一番肝心なことだろ。隠し部屋に隠し通路、お屋敷ならなんでもござれだ」

「忍者屋敷じゃないですよ」

「大名が住んでるとこにもあるんだよ。いいか、よく考えろ。裏庭での目撃証言があったからこそ、自由奔放なお嬢さまはよそに出て行ったとみんな思った。でもちがうんだろ。出たところを誰も見てない。となれば、そのときまだ屋敷の中にいたんだ。まちがいない。それを隠したくて当主は庭師に嘘の証言をさせた」

「屋敷の中のどこにいたんですか。大勢で捜しまわってもみつけられなかったんですよ」

「だから隠し部屋だろ」

「そういうところがあったとして、統子さんはおとなしく潜《ひそ》んでいたんですか」

いやな予感がしたけれど、香留としては尋ねないわけにいかない。富島は鼻の穴を広げてうなずいた。

「おとなしくさせられていたんだろうな」

「誰がどうして、よりによってバーベキュー大会の前日、統子さんを隠さなきゃいけないんですか」

「そりゃもう、長男が圧倒的に怪しい。何がなんでも結婚したかったが、彼女にその気はなかった。行方不明になる直前、長男が様子を見に行ったんだろ。そこではっきり断られたんだよ。ひどいことを言われたのかもしれない。他に好きなやつがいると言い出したのかもな。長男はカッとなって……」

富島は言葉を濁したが、言わんとすることは察しがつく。

「そして長男は彼女を隠し、あとになってから父親に打ち明けた。驚きあわてただろうが、父親がそれを世間に公表すると思うか？　人里離れた別荘地での出来事だぞ。まわりは山に囲まれている。道路からも敷地の中は見えない。人ひとり、隠し通すなんてお手の物さ」

「どういうお手の物ですか」

とりあえず突っ込んでみたものの、切れ味は鈍《にぶ》い。次の訪問時、庭を見せてもらえるよう頼んであるのだ。自分はきちんと隅々まで、足を踏み入れることが出来るだろうか。

「でも」

「なんだよ。なんでも言ってみろ」

「もしも物騒な出来事が起きていたとして、なぜこの依頼があったんですか？　誰にも知られたくないでしょう？　私みたいな関係ない人間に、どうして話すんですか」

「それは……」

　富島の目が泳ぐ。

「あれだな、あれ。ほら、ちゃんと供養したくなったんだよ。でなければ浮かばれないと思ったんじゃないか。夢枕に立ったのかもしれない。うちは各種代行業だが、掘り起こしは引き受けないぞ」

　やるならおまえひとりでやれと鬼のようなことを言われ、香留はもう少しで富島の首を絞めそうになった。


　約束の木曜日、音もなく細かい雨が降っていた。香留は約束の時間より早めに到着し、玄関ドアを開けてくれた直美に庭を見て来たいと申し出た。

「ご案内しましょうか」

「いいえ。雨も降っていますし、ほんとうにぐるりとまわるだけなので」

「それでは足元にお気を付けて。しっとり濡れているたたずまいも風情がありますよ」

　気の利いた言葉に見送られ、香留は玄関前から建物の裏手へと向かった。玄関は建物の東面に設けられている。裏手というのは北側の傾斜地だが、そもそも広い敷地なので建物の日陰になるのはごく一部分だ。砂利が敷かれ、軽自動車くらいなら入れそう。勝手口があるのでじっさい重たい荷物はここまで運ぶのかもしれない。

そこからサザンカや沈丁花《じんちょうげ》の植え込みを隔《へだ》てたところに、細い小道が延びていた。神社やお寺の奥に設けられた、人気《ひとけ》の乏しい遊歩道を思い出す。ちょうどあんなふうに、左右に雑多な植物が茂る。山吹、ユキヤナギ、レンギョウ、紫陽花《あじさい》。あとはなんだろう。葉っぱだけのものもあれば小花を散らしている株もある。

ふと足が止まったのは、まっ白な花びらが目に留まったから。香留は腰を折ってのぞきこんだ。葉の色が濃い緑なので白が引き立つ。灰色の雨の日なのでなおさらなのかもしれない。大きさは眼鏡のレンズくらい。花びらは五枚。花心《かしん》は黄色。

なんの花だろう。

思いながら再び歩き出した。道はゆるやかなカーブを描き、建物の西側を抜けて南に面した前庭に出る。そこからさらに芝生の外側をぐるりと歩けば一周したことになるが、雨脚が強くなったので御影石《みかげいし》の敷き詰められたテラスへと足を向けた。

この前案内してもらった和室とダイニングルームを外から眺めて歩く。その隣は応接間。出っ張った部分がサンルームだ。レースのカーテンが引いてあったが、そこが香留と志保子のいつもの場所。椅子に腰かける人影が見えたので、すでにお待ちになっているらしい。急いだ方がいいのかもしれない。

サンルームは横に長く、香留の座る椅子の背後にも大ぶりの観葉植物が置かれていた。外から見るとりっぱな温室だ。バナナや椰子《やし》の木があっても不思議はない。

「おもしろいものはあった？」

「きれいなお庭を拝見してきました」

「雨ですものねえ。濡れてない？　風邪を引かないようにね」

志保子から優しい言葉をかけてもらい、ほうっと心が和む。玄関先では直美が足を拭くようにとタオルを差し出した。今も温かいカフェオレを持ってきてくれる。お菓子はベイクドタイプのチーズケーキ。何もかも至れり尽くせりのお宅だ。

手厚くもてなせるだけの余裕が、志保子にも直美にもあるということではないか。醸《かも》し出されるゆったりとした空気を富島にはなかなか伝えられない。

とはいえ志保子の話が始まると、くつろいでばかりもいられない。

＊　　＊

稔さんの話は、あの頃の何もかもを根底からひっくり返したわ。統子さんに何が起きたのか。どこに行ってしまったのか。

もう一度、初めから考え直さなきゃならない。でも六十年近く経って、いったい何がわかるのかしら。

わたしは途方に暮れ、今日みたいな雨を眺めながら、ため息ばかりついた。そしてようやく、「ああそうか」とひとつ気づいたの。

統子さんは男と逃げたと思われていた。相手は誰なのか、さまざまな憶測が飛び交った。けれど結局、わからずじまい。その前後に行方不明になった人がいなかったのよ。手に手を取ってどこかに行ってしまったなら、もうひとり、姿を消す人がいなければおかしいでしょう?

稔さんの話を聞いて、やっと腑に落ちた。最初からそんな人はいなかったのだと。仕組まれた誤解だった。かといって、統子さんに思い人がいなかったかとなると……どうかしら。

わたしし、実は前々から、統子さんが好きなのは名木田洋介さんじゃないかと思っていたの。

とても素敵な方だったわ。涼しげな目鼻立ちの美男子で、背が高くて、スポーツ万能。成績も優秀だと聞いた。性格も明るくて優しい。若い女の子だったらたちまちぽーっとなってしまうわ。

あら笑わないで。ほんとうなのよ。ええ、わたしも憧れていた。十三歳らしく。わたしの友だちも小さな胸をときめかせていた。

本気で熱を上げる年頃の女性は何人もいたでしょう。統子さんもそのひとりだった。意識しているのが、女同士だとわかってしまうの。そして洋介さんにしても、相手が統子さんならまんざらではなかったと思う。ふたりは両思いだったのかもしれない。

けれど縁談は、統子さんとわたしの兄との間に持ち上がった。その頃、洋介さんのお宅は事業がうまく行かず窮地に立たされていたようなの。外山家は洋介さんの名木田家に多額の援助をしていた。だいじな関係を壊すようなまねはできないと、洋介さんはよくわかっていたと思うの。

統子さんも同じよ。統子さんのお父さまは、娘の結婚相手の財力に期待するものが大きかった。統子さんは先妻との間に生まれたお嬢さんで、家庭内の立場もとても微妙とうかがった。お父さまから強く言われ、庇《かば》ってくれる人もないまま、他に好きな人がいるとは言えないでしょう。言ったところで怒りを買うだけよ。

だから洋介さんも統子さんも本心を隠すしかなかった。大きな流れに従うふりをした。ふり。我慢するふり。あきらめるふり。結婚を受け容《い》れるふり。

でも何かが起きて狂ったのよ。

どっちかが、「ふり」を通せなくなったんじゃないかしら。

いえ、どちらかははっきりしてるわ。洋介さんはあの後もずっと兄の親友だった。身内から見ても胸が熱くなるほど優しくて、献身的で、兄からの信頼が揺らぐこともなかった。でもほんとうはどう思っていたのかしら。統子さんから一緒に逃げてと言われたりしなかったのかしら。

気になって、わたしは洋介さんと付き合いの深かった人を探したの。詳しくは話せないけれど、伝手《つて》を頼ってありとあらゆる人脈をたどり、ついにひとりだけ会うことができた。思いもよらないあの日の裏側を、ついに知ることになったのよ。

*　*

ここまで話してから、志保子は椅子の背もたれに寄りかかり、目を閉じて大きく息をついた。直美を呼んで冷たい水をもらう。お疲れになったのだろうが、またしてもいいところで中断になってしまった。時間からしてももう少し聞きたい。

香留の気持ちが通じたのか、志保子は「ごめんなさいね」と言ったものの「ここまで」

とは口にしなかった。

「私、待ちますのでゆっくり休憩してください」

「ありがとう。そうさせてもらうわね」

温かいおしぼりを直美が持ってきて、志保子はそれを目の上に置いた。気持ちがいいらしく、くつろいだ声を出す。

「落ちついて話しているつもりでも、知らず知らず興奮してしまうわ。ああ直美さん、二階のわたしの部屋から、あれを持ってきて」

なんだろうと思ったけれど、志保子が意味深な笑みを向けてきたので、香留も曖昧に微笑んだ。心得たように直美は踵《きびす》を返す。

「洋介さんの身近な人に会えてね、ほんとうにいろんなことがわかったの。深い深い霧がようやく晴れていく。見えなかったものがやっと見える。そんな気がしたわ。今まで長い長いおしゃべりに付き合ってもらったけれど、あなたもこの屋敷で起きた出来事の、真の姿を知りたいと思ってくださる？」

「もちろんです。ぜひぜひお聞かせください」

香留は力いっぱい身を乗り出してしまい、空になったケーキ皿をかたかた鳴らした。

「直美さんがだいじな証拠の品を持ってくるけれど、その前に少しだけ話しておくわね」

「はい」

「あの頃、統子さんと洋介さんはやはり思い合った恋人同士だったそうよ。そして統子さんはどうしても自分の気持ちを曲げて他の人と結婚することができなかった。だから洋介さんにはふたりのことを、わたしの兄にはっきり言ってほしかった。バーベキューの前日もそう。一刻も早くすべてを明らかにしてと訴えていた。けれど二階の客間で休んでいるときに、男の人たちのやりとりが聞こえてしまったの」

＊　＊

結納の日取りが決まった。

わたしの兄がそう告げると、牧雄さんは「おお」と陽気な声を上げ、洋介さんは「おめでとう」と明るく笑うように言った。

統子さんの耳にそれが入り、ベッドから起き上がって窓辺に立った。

庭にいたわたしが見たのは、まさにその姿だった。

兄との結婚に異議を唱えるどころか、洋介さんはお祝いの言葉を口にした。統子さんはどれだけ歯がゆかったか。悲しかったのか。声を殺してひとり、二階の部屋で泣いたんじゃないかしら。やがて兄が様子を見に行くと言いだした。それも聞こえ、どうしても顔を合わせたくなかった。

　それでつい、クロゼットの中に隠れたの。

　ええ、子どもじみた行動よね。ほんとうに、隠れんぼさながら。でも他に逃げ場がなかったのよ。

　兄は部屋に入りざっと見渡して、姿がないのでここにはいないと思った。廊下に出て訝《いぶか》しみつつ一階に下りた。そこに洋介さんたちがいたから、どこに行ったんだろうと首を傾げた。入れ替わりに洋介さんたちが二階に上がり、そのとき洋介さんの中には「もしや」という気持ちがあったんだと思うわ。

　だから客間のクロゼットを開けて、統子さんをみつけた。

　そう、統子さんは発見されていたのよ。洋介さんは機嫌を直して出てくるように言った。それを聞き、統子さんはカッとなった。あなたがちゃんとわたしたちのことを言ってくれなければ、ぜったいに出て行かないと駄々をこねた。

　そして統子さんは向かいの部屋に移り、そこから屋根裏部屋に潜り込んだのよ。

　わたしたちは手分けをして家の中も庭も捜したわ。屋根裏部屋ももちろん。でもそこを調べたのは牧雄さんだった。牧雄さんはふたりがこっそり付き合っているのを知っていたから、統子さんをみつけてもみんなに言えず、統子さんを宥《なだ》め、洋介さんとの仲介役を買って出たの。

あのとき、洋介さんと牧雄さんが手を組んではじめて、統子さんの行方は誰にもわからなくなったのよ。

それからどうしたのか？

洋介さんのすすめで兄は真夜中、東京の家にいったん戻った。そのすきに牧雄さんが統子さんを屋敷の外へと誘導し、車に乗せ、伊豆《いず》の山奥へと連れ去った。

ねえ、香留さん。この話をあなたはどこまで素直に受け容れてくれるかしら。

何もかも、わたしの勝手なでっちあげに思うかもしれない。

けれど真実だという証拠の品があるのよ。

＊　＊

「直美さん」

呼びかけて、志保子はサンルームの入り口脇に立つ直美を招き入れた。彼女の手には漆《うるし》塗りの薄い箱が収まっていた。

「文箱なの」

香留は口の中で反芻《はんすう》した。

「ふみばこ……」

志保子の膝の上に、そっと載せられる。

「この中に手紙が入っているわ。昭和三十年の八月、神坂統子さんが、名木田洋介さんに送った手紙よ。消印を押したのは伊豆の郵便局」

香留は息を止め、志保子の細い指先を見つめた。心臓が二倍に膨らんだ気がする。どくどくと音を立てて脈打つ。

ゆっくり蓋が持ち上がり、それを傍らに立つ直美に預けたのち、志保子は古びた封筒を取り出した。黄ばんでいるのがはっきり見て取れる。外の空気に触れるそばからほろほろと消え去りそうな、羽衣《はごろも》のような儚さ。

それの収まった手のひらを、表面が見えるようにして、志保子はテーブルに置いた。

香留は腰を浮かした。手を出さず、背中を屈《かが》めてのぞきこむ。

綴られているのは都内新宿区の住所だ。宛名は「名木田洋介様」とある。左上の消印にも目を走らせる。かなり薄れているが、「伊東《いとう》」というのと、「昭和三十年八月」までが判読できる。貼られているのは仏像の絵柄の十円切手だ。

香留が額の汗を拭うのを見て、志保子が封筒をひっくり返した。差し出し人の名前は「神坂統子」。

「これはね、洋介さん自身が持っていたの」

「封筒だけでなく、中にはお手紙も入っていたの」

「ええ。統子さんの直筆で、鎌倉山での顚末《てんまつ》と、今、自分はどこにいるのかが書いてある。それを読むとね、彼女の身に何が起きたのかがはっきりわかる。そのあとの彼女の運命も」

志保子は封筒を箱に戻すと手のひらで目を押さえた。わななくように震える。直美があわててハンカチを差し出した。ティッシュの箱も取りに行く。

「香留さん、来週の木曜日、必ずいらしてね。わたしが手紙を読みます。書かれているすべてを記録してほしいの」

強い眼差しを向けられ、香留は拳を握りしめた。両肩が持ち上がるほど全身に力と気合いを入れてうなずく。

「わかりました。一言一句漏らすことなくレコーダーに録音し、洗いざらいすべて原稿に起こします」

勝手に足が突っ張り立ち上がっていた。

来週。あと一週間。

ようやく真実に行き当たる。

外の雨はいつの間にか止み、燃えるような夕焼けが広がっていた。

5.

「中根」と富島に呼ばれたとき、香留はしばらく気づかなかった。同僚に小突かれて立ち上がる。

夏のセミナーなら今のところ順調だ。秋から始まる運動会のビデオ撮影も、本職からレクチャーを受けることになっている。何より、富島の声が細く聞き取りづらいことが解《げ》せなかった。香留を呼びつけるときはやたら元気でふんぞり返っているのに、今は景気悪そうにしょぼくれている。

「なんでしょうか」

ちらりと富島のパソコン画面に目をやるとスクリーンセイバーが動いていた。そういえばさっきまで電話をしていた。取り次いだ人の「社長です」という声を聞いた。その社長は昨日から沖縄に出張中。

「どうかしたんですか？」

黙り込む富島に再度声をかけると、やっと口が開く。

「たった今、電話があってな」

「はい」

「外山志保子さん、亡くなったそうだ」

眉を寄せ、「え？」と聞き返す。

「日曜日に急に具合が悪くなり病院に運び込まれ、昨日の火曜日、夜遅くに息を引き取ったとのことだ」

自分ではないような掠《かす》れた声が出る。

「そんな……」

「おれはどうしても外せない会議があって、これから大阪に行かなきゃいけない。おまえはどうする」

「どうって？」

「今夜、十九時からお通夜だそうだ。場所は青山《あおやま》斎場。告別式は明日の十一時から。顔を出してくるか？」

うつむくと、床がぼやける。目の奥が熱くて痛い。

「明日、お会いする約束だったんです。お元気だったのに」

「おれも残念だ」

立ち上がった富島に肩を叩かれた。ティッシュも押しつけられる。受け取って鼻に押し当てた。あとからあとからこみ上げるものがある。よぎる顔がある。香留の中で、再び鎌倉山のお屋敷に、強い雨が降り注ぐ。


喪服の一式は会社のロッカーに置いてあるので、着替えて六時過ぎにビルを出た。近くのコンビニに立ち寄り、香典《こうでん》袋を買おうとしてついぼんやりしてしまう。まだ信じられない。ほんとうだろうか。検品中の店員に怪訝《けげん》な顔をされ、我に返った。

一番ポピュラーなものを買い求め、地下鉄の駅へと降り、半蔵門《はんぞうもん》線に乗って「青山一丁目」に向かう。内輪の式とのことだが、故人の生前の活動は多岐にわたり、交友関係も広く人望は厚かった。現当主の実母でもある。弔問《ちょうもん》客は大勢詰めかけるだろうと富島も言っていた。

青山一丁目駅から会場までは十分ほど歩くが、さらなる最寄り駅まで地下鉄を乗り換える気にはならなかった。地上に出て、ビル風に吹かれながらとぼとぼ歩く。夏至《げし》の近くだったので六時半を過ぎても空は明るかった。
直美はどうしているだろう。ふと思った。志保子の他に外山家の関係者で顔を知ってい
るのは彼女だけだ。きっと手伝いに駆り出されているのだろう。
志保子の最期はどんなだったのか。落ちついた頃に一度、聞いてみなくてはと思う。仕
事のけじめとして。たくさんの優しい気づかいをもらった者として。そのときはやはり、
鎌倉山に足を運ぶべきだろうか。直美はいるだろうか。すでに無人だろうか。思い浮かべ
ると、開かれるはずだったバーベキュー会場に彷徨《さまよ》い込んでしまいそうだ。進駐軍と、今
にもすれちがいそう。
あの当時に書かれたという手紙は、結局読んでもらえないまま。統子の身に何が起きた
のか、真相はわからずじまい。
街路灯のあかりが目に染みる。街路樹の茂みに遠い庭が重なる。人だかりが見えてきた。
立て看板にりっぱな墨文字で、「故　外山志保子　葬儀会場」と書かれてある。
受付を済ませ、誘導係の案内に従って祭壇の飾られている会場へとまわった。人が多い
のでゆるゆるとしか入れない。白いハンカチを手に、目や鼻を押さえている女性がそこか
しこにいる。読経《どきょう》の声が聞こえてきて線香の匂いが漂う。壁際にずらりと花輪が並ぶ大
きな部屋にでて、やっと遺影が目に入った。

お別れの、そのとき——。

「え？」

香留は思わず声をあげた。両足が突っ張り、後ろの人とぶつかりそうになる。眉をひそめられたが謝る余裕もない。

白と紫のカトレアに囲まれた大きな写真立ての中で、見知らぬ女性が微笑んでいた。

あの人は誰？

呆然としている間にも焼香台の前が空く。つんのめるようにして進み、祭壇の前に立つと中にいる人たちが儀礼的な会釈をよこした。まっ白な頭で手を合わせ、形ばかりの焼香を済ませて立ち去る。

まちがえた。ちがう。会場はここじゃない。

けれど立てかけられている看板には、「外山志保子」と書いてある。黒い腕章をつけたスタッフを捕まえて尋ねるも答えは看板の通り。お友だちとおぼしきご婦人にも思い切って話しかけた。涙ぐみつつ教えてくれたところによれば、日曜日に病院に運び込まれ、火曜日の夜に亡くなったという。鞄の中から手帳を取り出し、旅行のさいの記念写真も見せてくれた。年配の女性たちが椰子《やし》の木の前で笑っている。

香留はもう一度祭壇の見える場所まで分け入った。遺影はひとつきりだ。ふくよかな女性が口元をほころばせている。同じ顔が椰子の木の前にもあった。

あの人が外山志保子さんなら、自分の会っていたのは誰だろう。


混乱しつつ会場から離れ富島に電話した。何度目かでやっと繋がる。なんだよ、打ち合わせ中だよ、あとにしてくれ、切るぞと、まくしたてる相手に向かって香留も負けずに言った。

「大変です。亡くなったのは、私の会っていた志保子さんじゃないです。別人です。青山斎場まで来たんですけれど、祭壇に置かれている遺影がちがうんです」

「何言ってるんだ」

「ほんとです。私の会っていた志保子さんはどこにいるんでしょう」

「あのなあ、遺影ってのはやたら写真うつりのいい、とびきりの一枚を、場合によっては皺だのシミだの修正して使うんだぞ。そんなのも知らないのか」

「まったくの別人です」

「ああそうかい。わかった。話は社で聞く。切るぞ。さっさと帰れ。頭を冷やせ」

空はようやく暗くなり、街路灯に照らされて自分の影が細く長く伸びていた。のっぺらぼうのそれを見ていると、自分の顔までわからなくなりそうだ。目をそらして歩き出す。

慣れないパンプスで、何度もよろけそうになった。

6.

翌日は訪問を約束した木曜日だった。香留は社外で午前中の打ち合わせを済ませると、会社ではなく東京駅に向かい、下りの東海道線に飛び乗った。すでに行き慣れたルートだった。大船でいつものバスに乗り、鎌倉山のバス停で降り、坂道を上がっていく。

今までとちがうのは、たどり着いた門の前でチャイムを押しても返事がないこと。裏門の場所は知っていたのでそちらにまわり、生《い》け垣《がき》のほころびの前で立ち止まる。左右に目を走らせ、誰もいないのをうかがってから無理やり体をねじ込んだ。

今日はジーンズにスニーカー、背中にデイパック。身軽で動きやすい服装をしてきた。敷地に入ればこっちのものだ。どうしても確かめたいことがある。香留は腰を屈め、足早に建物に近づいた。

玄関や勝手口は施錠されているだろうが、これだけ大きな家だとどこかの窓が開いているかもしれない。いざとなれば二階にだってよじ登る。不法侵入、上等だ。窓ガラスの一枚くらい割ってやろう。意気込んで歩み寄り、まずは建物の裏手から攻める。窓をみつけては手を伸ばし、ガラス戸の施錠を確認しながら横にずれる。と、ダメ元で摑んだ勝手口のノブが動く。どういうこと？　鍵のかけ忘れ？　それとも中に誰かいる？

おそるおそるドアを開き、「こんにちは」と言ってみた。間の抜けた話だ。泥棒まがいのことをしでかそうとしていたのに、両手両足をそろえて挨拶していた。

返事がない。やはり誰もいないのか。

「お邪魔します」

スニーカーを脱ぎ、直美のものだろうか、そこにあったサンダルの横にくっつけて並べた。厨房を抜けてダイニングルームを横切り廊下に出て、二階へと直行するはずが、つい、ふらふらと応接間の中に入ってしまう。見慣れたはずの調度品がやけに暗くて寒々しい。これまでも広い屋敷内に女性ふたりしかいなかったけれど、けっして陰鬱な雰囲気はなかったのだ。自分を迎えるためのお茶とお菓子が用意され、ほのかな温かさに満ちていた。

香留はサンルームへと足を向けた。暗い応接間から少しでも明るい場所へと誘われる。いつもは開け放たれている仕切りのカーテンが閉じていたが、レースなので歩み寄れば中が透けて見える。

なじみ深いテーブルセットと軽やかなグリーン、華やかな蘭の花々。そこに、誰かいる。

「志保子さん――」

手がひとりでに動き、カーテンを横に引いた。

ほっそりとした優雅な老婦人が香留に顔を向ける。いつもと同じように微笑んでくれるのだけれど、溌剌《はつらつ》とした目の輝きがない。疲れ切った様相で、肌の色つやも悪く、背中も心なしか丸まっていた。急にいくつも老け込んだように見える。

「約束通りに来てくれたのね。嬉しいわ。どうしたの。立ってないで、そこにどうぞ」

向かいの席をすすめられ、よろけるようにして腰かけた。意を決して口にする。

「今日は外山志保子さんの告別式です」

「ええ。だからと言っていいのかしら、お茶とお菓子の用意がないわ」

あなたは誰ですかという目で女性を見た。頬に刻まれた深い皺が動く。

「わたしが何者なのか。あなたはどんなふうに考える？」

逆に尋ねられてしまい、香留としては受けて立つしかない。

「今までずっと、私は志保子さんではない人から話を聞いていたんですね。お手伝いさんの直美さんも一枚嚙んでいた。ふたりとも最初から、ぎごちなさの欠片《かけら》もなかった。それってつまり、志保子さんご自身もよくよく承知の上だったと思うんです。ここは志保子さんのおうちですし。すべては、志保子さんの仕組んだことでしょうか」

「さあ、どうかしら」

「そうだとしたら、今回のこのご依頼、回想録の聞き書きについては、初めから意図や目的があったはずです。単なる想い出話の覚え書きに、ここまで手の込んだことはしませんよ。インタビュアーは完全に出し抜かれました」

女性は「ごめんなさいね」と肩をすくめた。しおらしくというより、茶化すような顔になる。まとっていた重苦しい空気が薄れ、本来の彼女がのぞく。

「意図や目的があるならば、それはなんでしょう。私自身はどう考えてもこちらとつながりがありません。だったらうちの会社、チドリ企画にあるのか。それはそれで首を傾げてしまうんですけれど、初めてお会いしたとき、あなたはここで見聞きしたことをすべて上司に報告してもかまわないとおっしゃった。とてもありがたい、助かる申し出でした。でも今から思うとちょっと親切すぎるかも。ひょっとしてあれには、もっと深い意味がありませんでしたか。私を通じ、ここに現れない誰かしらに、話の内容を聞かせたかった。いかがでしょう」

香留が身を乗り出すと、女性ははぐらかすように視線を天井に向けたが、ほっと息をついてからうなずいた。

「あなたには申し訳なかったわ。本物の志保子さんは心臓の具合が悪くて、長時間人と話すことが出来ないの。わたしはお芝居の経験があって、それこそ昔取った杵柄《きねづか》。セリフを覚えてそれらしく演じることはなんとかやれそうだった。だから代役を引き受けた」

「素晴らしい演技力でした」

「ありがとう。あなたもなかなかよ。ご明察に舌を巻いたわ」

「本物の志保子さん、お気の毒でした。お悔やみを申し上げます」

「ええ。あともう少し。そう思うと本当に残念で。とある人物に、回顧録なんてやめてくれと泣きつかれるか、はたまた出来上がって大勢の目に触れさせてやるか。どちらでもかまわないわ。楽しみにしていたのに」

香留は再び気持ちを引き締め、問いかける。

「統子さんの手紙はまだこの家の中にありますか？」

「あなたはあれが本物だと思う？」

女性はなんら悪びれることなく、真っ直ぐ切り込んでくる。

「本物です」

「あらそう。読んでみたい？」

窓の外にいつの間にか黒々とした雲が広がっていた。青い芝生の真上で、空が今にも暴れ出しそうだ。

「読みたいと思ってここまで来ました。何がなんでも絶対にって。読まずにいられないですよ。あそこまで引っぱられては。でも、今はもういいです」

「なぜ？」

香留は背筋を伸ばし、白い椅子に座り直した。

「手紙を書いたご本人がいるからです。知りたいなら直接聞けばいい」

「どういうことかしら」

艶然《えんぜん》とした女性の笑みに、稲光《いなびかり》が差す。

「そのまんまです。決め手はあの手紙。神坂統子さんが昭和三十年の夏に書いたものだけれど、消印はおかしい。『伊東』とありましたが、昭和三十年代に伊東郵便局は存在しません。だから消印の『伊東』もありえない。あったのは伊豆郵便局の、『伊豆』です」

「いいえ。そっちのまちがいよ。ちがうわ。そんなはずない。『伊東』の消印はたしかにある。ネットで調べてちゃんと確認したもの」

言って、小さく「あっ」と声を上げた。香留はすかさずたたみ込んだ。

「調べて、画像でも見つけ出し、ごく最近、消印部分を偽装しましたか」

「今のは引っかけ？　ずるいわ」

「申し訳ありません。『伊東』はあると思います。『伊豆』はないかもしれません」

女性は両手を肩の高さまで持ち上げてから、ぱっと広げた。

「よりによって消印のことを言われたものだからつい……。ううん。あの中で、消印だけが偽装だろうと見抜いて、あなたは揺さぶりをかけてきたのね？」

「おっしゃる通り、あれが偽物ならばすべてすっきりします。先々週の木曜日、稔さんの告白までは、もっと言ってしまうと統子さんの恋愛事情までは、志保子さんの話を素直に聞くことができました。けれど唯一の証拠品である手紙については、洋介さんの知り合いから譲り受けるのは難しくないですか。不可能ではないので、先週は黙って帰りましたが
ほんとうはもうひとり、あの手紙を持っていておかしくない人がいます。書いた本人。統子さんご自身です。表書きの住所を書き、切手を貼り、あとは投函するだけだったのに、それをせずに持ち帰った。荷物の間にでも押し込んだのでしょうか。六十年近くが経過し、封筒も切手も古びて黄ばみ、インクの文字は色あせた」

「ええ、そう。消印の押されてない手紙の出来上がり」

認めてもらい、香留は心の中で拳を握りしめた。

目の前に「統子さん」がいる。

「それがあったから、今回のことを思いついたのですか？」

ばらばらと音がした。ガラス窓に雨粒が当たり、斜めに流れる。庭の緑が印象画のように輪郭《りんかく》をにじませる。

「志保子さんから連絡があったの。わたしはごたごたのあとアメリカに渡り、なんとか生計を立て、縁あって舞台の仕事に携《たずさ》わるようになった。お芝居の経験はほんとうよ。四十代の半ばでモデル事務所を開き、以来ずっとシアトルに住んでた。志保子さんの手紙を数十年ぶりに受け取り、あまりにも懐かしくてそれきりにできなかった。お返事を出したら、わざわざ会いに来てくれたのよ」

稔の話を聞いた後、志保子があらゆる人脈を駆使して捜したのは、洋介の知り合いではない。統子本人だったのだ。

「昭和三十年の夏、男の人たちの会話を聞いてクロゼットに隠れたこと、屋根裏部屋に移動したのち、真夜中に伊豆に向かったこと、わたしが打ち明けると、志保子さんはこう言ったわ。『洋介さんから、自分も家を捨てる。伊豆で待っててほしいと、言われたんでしょう?』って」

ずばりだったのだろう。志保子も鋭い。恋に命をかける気満々の若き日の統子は、その言葉を信じて行方をくらませた。

「けれど洋介さんは来なかったんですね」

「悩みに悩んでの選択だったならまだよかったわ。でも洋介さんには最初からその気がなかったのよ。むしろ一方的に盛り上がっているわたしのことが迷惑だったんでしょう」

プライドの高いお嬢さまが当時はけっして認められなかった現実だ。

「伊豆に行ってからは人気の乏しい山荘に身を隠し、洋介さんの現れるのを待った。一週間も二週間も。痺れを切らす頃、牧雄さんと共に現れ、家を捨てられないと謝られた。そうされたって、わたしにはもはや何も残っていない。家では父が激昂《げっこう》し、とっくに親子の縁を切られている。もちろん外山家に合わせる顔もない。おまけに男と逃げたふしだらな娘という烙印《らくいん》が押されている。行き場もなく、帰る家もなく、あとはもうひとりで死ぬしかない。そんなふうに自暴自棄になっていたところ、渡米の準備を進めている女性と知り合ったの」

アメリカ行きの資金は、神坂家が最後の餞別《せんべつ》として出してくれたそうだ。昭和三十年、十一月のことだった。

「わたしのあらましはこんなものよ。でもシアトルまで来てくれた志保子さんは、今の話にもっとちがうものをプラスした」

「プラス？」

こっくりと小さな頭がうなずく。

「あの夏の日をさかいに、洋介さんと牧雄さんはとても恵まれた人生を歩むことになったそうよ。ふたりはわたしの失踪事件とは無関係な人間として宗太郎さんを慰め、励まし、お父さまの敬一郎さんになんて友だち思いの青年だと感心された。息子のようにかわいがられ、洋介さんの実家は盛り返し、どちらかといえば苦学生だった牧雄さんも、小さな個人商店から名の通った会社に転職できた。そこからの独立資金も援助されたんですって」

思い切り、きな臭いものが立ちこめる。

「もしかして、庭師の稔さんが言わされた偽の証言も、ふたりが関わってるんじゃないですか？　統子さんがいなくなって真っ先に疑われるのは洋介さんです。別の男と逃げたことにすれば潔白が証明できる」

男と一緒に出て行くのを見た者がいるけれど、証言はできないと言っている、どうしましょうと志保子の父に持ちかける。不名誉を嫌う当主は、荒っぽい解決法でも厭《いと》わず使うだろう。

たったひとり、男の不実に泣いて隠れたクロゼットから、統子は伊豆の山奥ですべてをなくし、男ふたりは羽振りのいい資産家に取り入る術《すべ》を得た。

「志保子さんは、それでなんと？」

「このままでは悔しすぎる。ふたりで手を組み、一矢《いっし》報いましょうと言われたわ。でもわたしにはうなずけなかった。若い頃の自分がどうしようもなく愚かで、それが招き寄せた運命だとわかっていたし、アメリカに渡ってからはこれでも手応えのある人生を歩んできたの。すべてが大昔のことよ。けれど志保子さんは頑として譲らず、あの日、統子さんがしでかしたことで自分も運命を変えられた。少しでも申し訳ないと思ったら、ひと月だけでも付き合って、と」

「それが、今回のことですね」

「ええ。セリフはちょっとしたアドリブ以外、志保子さんが練りに練って書きあげたものよ。おかげでわたしは自分のことを綺麗だ憧れだと言わなきゃいけなくて、どれだけ恥ずかしかったか」

「おみごとでした」

香留がその一言を口にしたと同時に志保子——ではなく統子が、「あら」と黒いワンピースのポケットをまさぐった。携帯電話を取りだし、小声で誰かとしゃべる。通話を切ってから香留に言った。

「あなたにお礼を言わなくては。志保子さんの仕掛けた罠を、あなたがちゃんと生かしてくれた。古狸《ふるだぬき》の悪あがきを見たかったら、二階にいらっしゃい。今すぐよ」

統子自身は行く気がないらしく、座ったままだ。香留は立ち上がった。よくわからないがおもしろそう。見ない手はない。サンルームから飛び出しかかるが、その一歩目で「ちょっと待てよ」と思う。

自分がいつも座っていた椅子の背後、観葉植物の鉢植えが隙間なくびっしり並び、まるで衝立《ついたて》のよう。香留はそこに手を差し込み、思い切り左右にかき分けた。

離れた位置ではない。すぐ真下。グリーンに守られるようにして、リクライニングタイプの籐椅子が置かれていた。座面には膝掛けと、写真立てと、絵葉書のようなもの。写真立てには昨日初めて知ったばかりの婦人が笑顔で収まっていた。

ここでずっと、香留と統子のやりとりを聞いていたのだろう。

「何してるの。早く」

背後から短く言われ、香留はすばやく身を翻《ひるがえ》した。

足音を殺して階段を上がると、待ちかねたように人影が現れた。直美だ。香留が何か言う前に、「しっ」と人差し指を立てられた。北側の部屋へと引っ張られる。中に入って目を瞠《みは》った。直美の他に三人、制服姿の男の人がいた。警察官かと思ったがよく見ると警備会社の人だ。

室内は二週間前に入ったときと様変わりしていた。ベッドとサイドテーブルがあるだけの殺風景な部屋だったのに、会議室で使われるような長テーブルが二台入り、ノートパソコンだの鞄だのが並んでいる。男の人たちは香留を見てにやりと笑ったり、すぐにディスプレイに向き直ったり。

そのディスプレイには香留にも見覚えのある場所が映し出されていた。お屋敷の正門、裏門、そこからの通路、玄関前、建物の裏手、勝手口周辺。どれも防犯カメラからの画像らしい。

「こんなものを仕掛けたんですか」

直美にささやきかけると、うなずかれた。

「先週の木曜日がひとつの山場でした。証拠の品が登場したでしょう？　香留さんはすぐに報告書を書き上げ、いつも通りに上司の方に送付。それはお宅の社長さんを経由して、仕事の口利きをした人に届きました。私たち、ちゃんと情報提供者を仕込んでおいたんですよ。報告書がプリントアウトされ、日曜日にはくだんの人物に手渡されたとのこと。それを教えてもらい、さっそくこの準備が始まりました」

すっかりルートが出来ていたらしい。香留も知らず知らず片棒を担がされていた。相手が白髪のご婦人ふたりと思うと苦笑いしか出てこない。

「志保子さんの考案した罠ですか」

「ええ。最後にいただいたご指示になります」

「あ。私が今日ここに入ってきたのも……」

不法侵入の、動かぬ証拠を握られてしまった。

「香留さんはお約束のお客さまですもの。問題ないですよ。勝手口の鍵を開けておきました」

「あれ、私のため？」

「あとで、お茶やお菓子をお出ししましょうね」

直美の微笑みに、涙ぐみそうになる。けっしてお腹が空いているわけではなく。

男の人が真剣にのぞきこむディスプレイを、横から見させてもらった。黒っぽい雨合羽《あまがっぱ》を着込んだ不審者が風呂場の窓から侵入するところだった。

「勝手口の鍵は香留さんが入ったあと、締めさせてもらいました。代わりにあそこを開けたんです」

そうとは知らず、不審者は腰高の窓枠に跨《また》がって建物内部に入った。画面が切り替わる。一階の廊下だ。雨合羽は背中のデイパックに押し込んだのか、灰色のシャツ姿だった。ニット帽を目深《まぶか》にかぶっているので顔はわからない。両手に手袋をはめていた。なで肩でお腹の出た、小太りの男性らしい。

一階には統子がいるので心配したが、不審者は足早に廊下を歩き、迷うことなく階段を上がってきた。二階に設置されたカメラがしっかりとらえる。顔が見えた。かなり年配の老人だ。

（牧雄さん？）

ささやくこともできなくなったので、近くのメモ用紙にペンを走らせた。

（ええ。西山牧雄さんです）

（名木田洋介さんは、もういらっしゃらないのですね？）

（七年前に亡くなっています）

だからこそ、「洋介さんの知り合いから譲り受けた手紙」というフェイクが成り立った。そんなものを後生大事に持ち続けているわけがないと、牧雄も思っただろうが、ひょっとしてと疑いがかすめたのだと思う。

統子の失踪劇に関して、牧雄が首謀者だとしたら、統子が書いた手紙は洋介にとってある種の切り札になりうる。「洋介は必ず現れる。それまで身を隠した方がいい」と、統子をそそのかし伊豆へと連れ去ったこと。もうすぐもうすぐと、いつまでも待たせたこと。自分はふたりの味方だと、言葉を尽くして統子をなだめすかしたこと。もしも書いてあったなら、牧雄の足をすくいかねない。危険な物証だ。

洋介が死ぬまで隠し持っていても不思議はない。牧雄ならそう考えると、志保子は踏んだ。

その読みは当たっていたらしい。牧雄と洋介と統子、三人しか知らないクロゼットや屋根裏のことを、志保子が摑んでいるのも驚異だったろう。志保子が亡くなっても、香留は覚えている。よけいなことを言い出す前に、唯一の物証を握りつぶすべく、侵入者は志保子の私室へと入っていく。彼女の兄と同学年なら八十歳を超えているが、たったひとりで忍びこんでくるところなど、なんてお元気なと感心してしまう。

部屋に入るとサイドテーブルの引き出しを片っ端から開け、書類やノートの下から箱を引っ張り出す。香留の見せてもらった文箱だ。防犯カメラは男が箱を開け、封筒をみつけ、それを自分の鞄の中に入れるところまで映し出した。

オーケーと、一番年長の警備員が声を上げて立ち上がった。それを合図に男たちが一斉に飛び出していく。

「大奥さまは、西山さんが無理な資金運用を家族に持ちかけたり、縁談を進めようとするのをとても嫌っていました。ここで首根っこをぎゅっと摑みたかったんですよ」

「ご家族に、直に忠告しないんですか」

「しても西山さん、口が上手いんです。のらりくらりとかわしてしまう。亡くなったお兄さまのことを悪く言われるのも悔しい」

「宗太郎さんですね。いつ亡くなったんです？」

「ずっと前です。三十代の頃とうかがいました。たしかに、海千山千《うみせんやません》の人たちと渡り合うには気弱すぎたと、大奥さまはおっしゃっておいででした」

がたがたと派手な物音がして、おまえたちはなんだと怒鳴り散らす声が聞こえた。直美は「出番だわ」と拳を握り締める。

「お葬式に出られなかった分まで、頑張らなきゃ」

そう言い残し、志保子の部屋へと走った。

「まあ、西山さん、どうされたんです」

わざとらしい声を、香留は廊下で聞いた。

「な、直美さん！」

「このところ別荘を狙う空き巣が多発して、警備会社の人にカメラの設置を頼んだんです。そしたら、まさか西山さんが……」

「ち、ちがう、わたしは空き巣なんかじゃない」

制服姿の男たちが左右をがっちり押さえ、「風呂場から入ったろ」「今、鞄に何を入れた」「すべて録画してあるぞ」と口々に凄む。西山牧雄はへなへなとその場にくずおれた。

何もしてないと泣きを入れるも、警察への通報を告げられ、直美に助けてくれと懇願する。ここから先の筋書きも用意されているのだろう。本物の外山志保子が描いた一世一代の、復讐譚《たん》だ。

すべて見届けたい気もしたが、香留は一階へと下りた。

サンルームにすでに人影はなかった。グリーンの向こうの椅子を見ると写真立てと絵葉書も消えていた。香留は勝手口に向かい、自分のスニーカーを履いて建物の外に出た。雷鳴と共に降り始めた雨は、長引くことなくあがり、黒々とした雲も山の向こうへと流れていた。蒸し暑さが和らぎ、湿り気を帯びた風が雑木林の奥からそよぐ。

統子はどこにいるのだろう。

建物裏の小道に入り、雨露を含んだ植木の間を歩くと、たたずむ人影が見えてきた。気配に気づき、こちらを見る。統子だ。胸に写真立てを抱いている。その足元には白い花々。

「ご苦労さま。首尾よく行ったみたいね」

二階からはドタバタとにぎやかな音が聞こえていたが、ようやく収まり静かになった。

首根っこを押さえつけられた牧雄を思うと、統子もまた八十歳前後であると気づく。志保子よりいくつか年上のはずだ。けれど黒いワンピースをエレガントに着こなす彼女は、元舞台女優という経歴が嘘でないことを物語るかのように、年齢を超越して美しい。

「わたしの過去の手紙は、肝心な所をあなたに看破されたけど、ここにもう一通、消印のない手紙があるの」

そう言って、一枚の絵葉書を見せてくれる。背景は隅から隅まで濃い緑の葉。その上にまっ白な花が咲き乱れている。まさに今、目の前の光景だ。ここで撮った写真だろうか。

細い指先がトランプのカードをめくるようにしなって裏面を見せる。

宛先にはアルファベットが並んでいた。エアメールだ。

「宗太郎さんはわたしを探し当て、お葉書を書いてくれた。けれど切手を貼るところまでしたのに投函をためらったのね。わたしが洋介さんへの手紙を出さなかったのは、自分の綴ったのが身勝手な恨《うら》み辛《つら》みばかりだと、すんでのところで気づいたから。ポストの前でしばらく泣いて、封筒を自分の鞄に戻した。けれど宗太郎さんはちがうわ。『統子さん、お元気でお暮らしですか。ぼくも元気です』って。志保子さんが笑っていた。この頃すでに癌を患い、ちっとも元気でなかったんですって。だのにわたしを気づかい、『あなたらしい人生の花を咲かせることを、海の向こうから祈っています』と。こんなふうに書いてくれたのに、それでもわたしの負担になることを良しとしなかったのね。最後まで」

「優しいお手紙ですね」

皺を刻んだ頬にやわらかな笑みが広がる。

「志保子さんの代役として、あなたに過去の話をしていて、わたしは宗太郎さんの気持ちを今ごろになって思い知った。もしかしたらそれこそが、志保子さんのたくらみだったのかもしれないわ。あの頃の男の人の中で、大広間に活けられた艶《あで》やかなバラの花ではなく、野に咲く白い花にわたしを重ねたのは、宗太郎さんだけよ。わたしは気づけなかった。志保子さんはどれほど歯がゆかったか」

「でもこうして、海を越えて受け取りにいらしたじゃないですか」

統子の片腕が香留の背中にまわり、抱きよせられた。

「いいこと言うわね。それで許してもらえるかしら」

花の香りにふわりと包まれる。統子のつけている香水だろうか。目の前の白い花だろうか。

「これ、なんていう花ですか?」

ぴったりくっついていた統子の頭が「え?」と傾く。

「綺麗な花ですよね」

「そう、知らないんだ」

「教えてください」

「自分で調べなさい。甘えちゃダメ。しっかり自分の感性と知性を磨き、視野を広く持って、そして、いい男をみつけなさい。素敵な恋をしてね」

香留の肩をポンと叩き、統子はその場をあとにする。香留は手を合わせ、花々に向かって一礼してから追いかけた。

ポケットの中の携帯が振動したので見てみるとメールが届いていた。富島からだ。「何やってる。早く会社に出て来い。社長も心配しているぞ」と。追伸のもう一通に「なんとかって店のシフォンケーキもあるからな」と書かれてあった。

雨に濡れた小道の斜面を、統子が歩きにくそうにしたので駆け寄って手を取った。

前庭に出ると雲の切れ間に青空がのぞき、夏を思わせる強い光が差し込んだ。

解説

杉江松恋《すぎえまつこい》
（ミステリ書評家）

――わたしは『生い立ちの記』を作りたいわけではなく、長いこと気になっているのはほんの一日、いいえ、一瞬かもしれない。それくらいあっという間の出来事よ。
（「野バラの庭へ」）

私の最も旧《ふる》い記憶は、父の書棚から引っぱり出した本を膝の上に広げ、宙に舞うほこりが窓から差し込む光の中で小さく輝いているのを眺めていた午後のものである。棚に並んだ本の背は暗い色彩のものが多く、視線を上げていくと茶色い天井が目に入る。その前を白く光る点が浮いて漂っていくのだ。

おそらくそれは、私が本好きになった瞬間の記憶であり、あの静謐《せいひつ》な時間をもう一度体験したいと、心のどこかでいつも考えている。読書好きな人ならば誰でも、書棚の前で過ごした聖なる時間の記憶を持っているはずだ。

本書のページを繰りながら、そんなことを私は考えていた。

『忘れ物が届きます』は、元書店員として読書子に親しまれる作家・大崎梢が二〇一四年四月二十日に発表した作品である。今回が初めての文庫化だ。その魅力について書く前に、まず若干の回り道をすることをお許し願いたい。

大崎梢には、作家としていくつかの顔がある。

ミステリー読者にとって最も親しみ深いのは、デビュー作『配達あかずきん』（二〇〇六年。東京創元社ミステリ・フロンティア→創元推理文庫）に代表される、書店や出版社などの業界を舞台とし、本の話題を満載した謎解き物語の書き手としての顔だろう。

同作に始まる〈成風堂書店事件メモ〉シリーズは、書店員コンビを主人公とする連作で、二〇一三年の『ようこそ授賞式の夕べに』（東京創元社ミステリ・フロンティア）までに四作が刊行されている。立場を変えて出版社の新米営業社員の視点から謎解き物語を綴ったものとして『平台がお待ちかね』（二〇〇八年）、『背表紙は歌う』（二〇一〇年。以上、共に東京創元社クライム・クラブ→創元推理文庫）の〈出版社営業・井辻智紀の業務日誌〉シリーズがある。両シリーズの主役たちは『ようこそ授賞式の夕べに』において共演を果たし、ファンを喜ばせた。これらの連作は、本を単なる情報の集積物ではなく、人生の伴奏者として親しむ読み手に向けて書かれた小説といってよく、転換期に入った出版界事情が背景として描かれている点にも興味を抱かされる。

　第二の顔は、少年少女に物語の扉を開いて見せる、よき先導者としてのそれだ。

　大崎には小学校六年生の少年・渋井千を主人公にしたジュヴナイル・ミステリーの著作がある。『天才探偵Sen 公園七不思議』（二〇〇七年。ポプラポケット文庫）以降、二〇一二年の『テレビ局ハプニング・ツアー』（同）までに合計七冊が上梓《じょうし》されており、大崎の仕事の中でも重要な連作である。一九九〇年代のはやみねかおるや松原秀行《まつばらひでゆき》、二〇〇〇年代の楠木誠一郎《くすのきせいいちろう》といったジュヴナイルの書き手は、若年層にミステリーの魅力を伝えることに大いに貢献した。ジュヴナイル作品は、日本ミステリー草創期の江戸川乱歩《えどがわらんぽ》や横溝正史《よこみぞせいし》、成長拡大期の辻真先《つじまさき》や赤川次郎《あかがわじろう》など多くの作家たちが手がけてきた重要ジャンルなのである。その系譜に大崎も名を連ねている。ジュヴナイルというよりはヤングアダルトと呼んだほうがしっくりくるのが二〇一四年の『大事な本のみつけ方』（光文社BOOK WITH YOU）で〈成風堂書店事件メモ〉シリーズなどと共通するテーマが、若年層向けにわかりやすく優しい形で書かれている。

　特にジュヴナイルと謳《うた》わずに一般向けとして刊行された中にも『片耳うさぎ』（二〇〇七年。光文社→光文社文庫）や『ねずみ石』（二〇〇九年。同）など、十代の視点で描かれた作品は多い。そうした作品群には、世間知の乏《とぼ》しい少年少女が自身の知らない世界に出会い、謎を解き、問題を克服して成長していくという主題が共通している。その中でも特に、長い時間の流れに触れて歴史や伝承などに関心を抱くという局面が多いことに注目したい。作例としては都会育ちの少女が突然旧い屋敷で暮らすことを強いられ、イエの閉じた世界観に困惑するという『片耳うさぎ』が最初で、中学生が村の伝承を探る『ねずみ石』で顕著《けんちょ》になる。二〇一一年の『かがみのもり』（光文社BOOK WITH YOU→光文社文庫）には宝探し冒険小説の趣《おもむ》きもあり、高校生を主人公にした『キミは知らない』（二〇一一年。幻冬舎→幻冬舎文庫）、一般向けの青春小説ではあるが宝探しの要素を持つ『誰にも探せない』（二〇一六年。幻冬舎）などにこの系譜は継承されている。

ジュヴナイルに隣接する青春小説のジャンルも、大崎の作家としての主舞台である。これが第三の顔だ。

二〇〇八年の『夏のくじら』（文藝春秋→文春文庫）で大崎は初めてミステリーの要素を主としない長篇を書いた。高知県で初めてよさこい祭りに参加することになった青年を主人公とするもので、何かへの挑戦を通じて主人公が克己《こっき》と成長の過程を体験していく、という教養小説の構造を持つ作品だ。同様の構造は出版界を舞台にしたいくつかの作品にも共通している。少女雑誌編集部に配転され、慣れない職場で奮闘する主人公を描いた『プリティが多すぎる』（二〇一二年。文藝春秋→文春文庫）、本づくりの現場に光を当てる『クローバー・レイン』(二〇一二年。ポプラ社→ポプラ文庫)、週刊誌記者の多忙な毎日を綴った『スクープのたまご』(二〇一六年。文藝春秋)などなど。

これらの作品に加え、大崎は近年になって家族と個人の関係に着目するような小説を発表している。保育士とシングルファーザーが主役を務めるミステリー連作『ふたつめの庭』(二〇一三年。新潮社→新潮文庫)、亡き兄の遺志を探るうちに主人公が家族の真の姿に気づいていくことになる『空色の小鳥』(二〇一五年。祥伝社)などの作品である。もともとこの作家には、過去に自分がいかに接続しているか、を主題として選ぶ傾向が多かったことはすでに述べた。それがさらに形を変えたものが家族小説なのかもしれない。今後の大崎にとって「家族」は重要な意味を持つ言葉になっていくはずだ。

ところで、ミステリーのジャンルにおいては「過去との接続」は謎解きの必要上、欠くべからざる要素である。探偵役は、事件という結果からさかのぼって原因を探すことを求められるわけであり、時間を逆行することは必然だからだ。これをさらに意識的に強化したのがイギリスの作家アガサ・クリスティーで、彼女は〈記憶の中の死〉を好んで題材として扱った。一般的な考え方では記憶とは時間の経過と共に風化し失われていくものである。ところがクリスティーは、逆に記憶の底に必要な証言が沈殿《ちんでん》・結晶化して事実が見えやすくなることもあると考えたのである。この発想の転回が名作を生む源泉となった。

右に見てきたように、大崎は過去に向いたベクトルを巧みに使いこなす作家だ。記憶は自分を構成する大事な要素であり、それをなおざりにして未来へと進むことはできない。それゆえに大崎の青春小説作品では、しばしば主人公たちが過去に直面することになるのである。特に初期作品『スノーフレーク』（二〇〇九年。角川書店→角川文庫）は〈記憶の中の死〉が中心に据えられたミステリーであり、過去との対決が登場人物たちにとっての課題となっていた。その構造を引き継いだのが本書、『忘れ物が届きます』なのである。

本書は大崎にとって初めてのシリーズキャラクターを配さない短篇集だ。五篇の収録作に共通する登場人物はなく、主人公の性別や職業などもばらばらである。しかし、誰の心にも過去のある瞬間が引っかかっている。そこから先に進めないでいるのだ。

たとえば「沙羅《さら》の実」（「ジャーロ」三十八号。二〇〇九年十二月）の主人公・弘司は二十年前、小学六年生だったある一夜の記憶がある。その日は森林公園に出かけて校外実習が行われた。その夜に、何者かによって同校の生徒が物置小屋に監禁されるという事件が起きたのである。不動産会社の営業で訪れた先が、たまたま彼の通っていた小学校の教諭の家だったことから、弘司は事件について回想しなければならなくなる。

あるいは「おとなりの」（「小説宝石」二〇一三年十二月号別冊付録）の小島邦夫。彼が引っかかっているのは、十年前に起きた殺人事件だ。その日町で痛ましい殺人事件があり、事もあろうに容疑をかけられたのは当時十七歳だった彼の息子の准一だった。高熱で一日床に就いていた准一にはアリバイがなく、訪れてきた刑事たちに何を言われても抗弁《こうべん》できない状況だった。それを救ってくれたのが、隣家の主婦の証言だったのである。

こうした具合に、登場人物たちは過去の忘れられない一日の真実を追い求めていくのである。「沙羅の実」の過去パートが小学生の話、「おとなりの」が家族を守る物語、というように大崎の他の作品に見られる特徴が現れている点にも注目したい。また、収録作のうち「君の歌」(「ジャーロ」四十五号。二〇一二年七月)と「雪の糸」(同四十七号。二〇一三年四月)は「まなざしの小説」と呼ぶべき優しい作品だ。自分ではなく、他者の「忘れられない一日」の謎を解き明かす物語なのである。

「君の歌」は学校内で女生徒が暴力を振るわれ、校内の不良グループが犯人として疑われたという事件を扱っている。現場は逃走可能な出口のない行き止まり状態で、不良たちには疑われるべき根拠があった。しかしそれに疑問を抱いた者がいたのである。謎解きに当てられたのが卒業式の日であり、未来への門出と過去の清算とが重ね合わされている。作中に「穴蔵にいる間はそんなことさえ気づかず、頭を押さえつけられて縮こまっていたのだ」と主人公が述懐《じゅっかい》するくだりがあり、青春時代の不自由さについての回顧譚《かいこたん》でもある。

「雪の糸」は一種の安楽椅子探偵(現場に行かずに証言だけで推理する)ものであり、喫茶店で働く比呂美が、来店したカップルの思い出話に含まれた謎を解きほぐす。推理の関心と同時に、店を訪れる人たち、通り過ぎていく人々へ向ける主人公の視線の優しさに惹《ひ》かれる一篇である。

唯一の書き下ろしが巻末の「野バラの庭へ」だ。冒頭の一文はこの作品に出てくる老婦人の言葉からの引用である。社史編纂《へんさん》などを手がける企画会社社員の中根香留は、上司の指示によって鎌倉山《かまくらやま》の閑静《かんせい》な住宅街を訪れ、外山志保子と名乗る女性の談話をまとめることになる。それは半世紀以上も昔の奇妙な出来事にまつわるものだった。志保子が憧《あこが》れていた年上の女性・神坂統子がある日突然姿をくらまし、家族の前に二度と現れなかったのである。これも推理の筋道を追うだけではなく、古都《こと》鎌倉の美しい景色、生い茂る植物の生気に満ちた描写で読む人の目を楽しませてくれる小説だ。

記憶は沈殿し、結晶化する。ミステリーならではのそうした時間のとらえ方を体現すると共に、過去を乗り越えて未来へ進む大崎作品の特徴が発揮された作品集である。短篇集ではあるが作者の美点がすべて盛り込まれた、初めての読者にとっては入門書になりうる一冊でもある。読書の経験は人の歴史を形作る重要なピースとなりうる。願わくば本書が、あなたの大事な記憶の一つとなりますことを。素敵な時間をお過ごしください。

○初出
沙羅の実　「ジャーロ」三十八号（二〇〇九年十二月）
君の歌　「ジャーロ」四十五号（二〇一二年七月）
雪の糸　「ジャーロ」四十七号（二〇一三年四月）
おとなりの　「小説宝石」二〇一三年十二月号別冊付録
野バラの庭へ　書下ろし

○単行本
二〇一四年四月　光文社刊

光文社文庫

忘《わす》れ物《もの》が届《とど》きます

著者　大《おお》崎《さき》　梢《こずえ》

2016年8月20日　初版1刷発行

発行者　鈴木広和
印刷　慶昌堂印刷
製本　榎本製本

発行所　株式会社 光文社
〒112-8011　東京都文京区音羽1-16-6
電話 (03)5395-8149　編集部
8116　書籍販売部
8125　業務部

落丁本・乱丁本は業務部にご連絡くだされば、お取替えいたします。
ISBN978-4-334-77344-1　Printed in Japan

組版　萩原印刷

お願い　光文社文庫をお読みになって、いかがでございましたか。「読後の感想」を編集部あてに、ぜひお送りください。
　このほか光文社文庫では、どんな本をお読みになりましたか。これから、どういう本をご希望ですか。どの本も、誤植がないようつとめていますが、もしお気づきの点がございましたら、お教えください。ご職業、ご年齢などもお書きそえいただければ幸いです。当社の規定により本来の目的以外に使用せず、大切に扱わせていただきます。

光文社文庫編集部